目次

この作品は、竹書房ラブロマン文庫のために書き下ろされたものです。

第一章　初恋未亡人との新生活

1

「こんな凄《すご》いお宅に下宿させてもらえるのか……!?」

時代劇にでも出てきそうな和風の大門を見上げ、緒方純一《おがたじゅんいち》は立ちすくんだ。

三月下旬のある日曜日。純一は高校を卒業したばかりの十八歳で、受験も無事に第一志望に合格し、来月からは大学生である。

地元ではなく、純一は隣の県の大学を選んだ。隣の県といっても、新幹線を使ったうえで片道二時間近くかかる距離だ。通学時間だけでなく交通費もとんでもないことになるので、大学の近くに部屋を借りることは最初から決めていた。

今日は純一を下宿させてくれるという家に、初めて挨拶に来たのだった。

『袴田《はかまだ》』と、門扉のすぐ横に筆文字の立派な表札がかかっている。

純一は溜め息交じりに呟いた。「美冬《みふゆ》さん、凄いお金持ちと再婚したんだな……」

美冬とは、この家の長男の奥さんである。

そして、純一の初恋の女性でもあった。

初めて美冬と出会ったのは、純一が小学六年生のときで、そのときの彼女は夫を亡くしたシングルマザーだった。

彼女の息子の孝太郎《こうたろう》は小学一年生。四月のある日、孝太郎はまだ慣れていない通学路で、帰り道に迷子になった。

同じ小学校に通っていた純一は、道端で泣いている孝太郎を見かけて声をかけた。

孝太郎は自分の家の住所を言えなかったが、純一はいろいろと話を聞いてみた。やがて、彼が住んでいるマンションに心当たりがあると気づく。彼の家の近くにあるという公園の様子に覚えがあったのだ。

その公園まで孝太郎を連れていくと、そこに不安そうな顔の美冬がいた。一年生はとっくに授業が終わっている時間なのに、なかなか孝太郎が帰ってこないので、心配になって探していたという。

美冬は深々と頭を下げ、純一にお礼を言った。一方の純一は、言葉も忘れて美冬に見とれた。彼女ほどの美人を目にしたのは、十一年の人生で初めてのことだった。

この日のことをきっかけに、孝太郎はすっかり純一に懐《なつ》いた。孝太郎に誘われて、純一は頻繁に彼の家に遊びに行くようになった。

一人っ子の純一は、可愛い弟が出来たみたいで悪くない気分だった。だがそれ以上に、彼の家で美冬に会えるのが楽しみだった。優しく美しい美冬に、純一は夢中になった。

しかしその後、美冬は再婚が決まり、隣のK県へ嫁いでいってしまった。

純一はがっかりしたが、美冬への想いは捨てられなかった。中学生になっても、高校生になっても、美冬に恋し続けた。

だからK県の大学を選んだのだ。また美冬に会えるかもしれないと。

孝太郎とは年賀状のやり取りやSNSでの繋《つな》がりもあり、純一の大学合格が決まって、アパートかマンションを借りなければならないという話になったとき、

『純一さん、うちに下宿するのはどうですか？』と、彼は提案してきた。

もう一度美冬に会うことを願っていた純一にとって、まさに渡りに船だった。しかも同じ家に住めるなど、夢のような話である。断る理由はなかった。

その五日後には、孝太郎から『下宿の件、ＯＫ出ました』というメッセージが来た。

彼が美冬にお願いし、美冬が袴田家の人々にかけ合って、なんとか許可をもらったのだそうだ。

それで純一は、袴田家の人々に挨拶をするため、こうしてやってきたのである。

下宿人を受け入れてくれるというのだから、多少は大きな家なのかなと思っていたが、想像を遙かに超えていた。

屋根付きの立派な大門。その左右に、腰板を張った白壁の塀が延々と続いている。

正門の脇にはくぐり戸があり、そこの呼び鈴を鳴らせば、ほどなく家政婦の女性が迎えに来てくれた。門の内側には石畳の道が続き、手入れの行き届いた前庭の先には、まさに武家屋敷のような豪邸がその威容を誇っていた。

(美冬さんの義理の両親と、義理の妹夫婦も一緒に住んでるんだっけ……)

だとしても、この家は大きすぎる。さながら旅館のようだ。

一般庶民の純一は怖じ気《おけ》づきながら家政婦の彼女に続いて歩き、玄関に入った。

するとそこに美冬がいた。純一の顔を見るや、美冬はその顔にパッと笑顔の花を咲かせる。

「いらっしゃい、純一さん。まあまあ、ずいぶん大きくなりましたね。昔は小さくて可愛い男の子だったのに、こんなに立派になって――」

美冬と直《じか》に顔を合わせるのは、実に六年ぶりである。

「すっかり見違えました。ああ、でも、あの頃の面影も残っていますね。うふふ」

美冬は近寄ってきて、じっと純一の顔を覗き込む。切れ長の瞳の澄んだ眼差し。黒々としたまつげが、まばたきに合わせて優雅に揺れる。

純一は恥ずかしくなり、思わずうつむいてしまった。

（……美冬さんも、結構変わったな）

美冬は草色の上品な着物を着て、髪の毛も後ろでまとめていた。

純一は彼女の洋服姿しか見たことがなかったし、かつての彼女はさらさらのロングヘアをそのまま背中に垂《た》らしていた。純一の知らない今の彼女の姿に、正直、戸惑いを禁じ得ない。

しかし、恋心が醒《さ》めるようなことはなかった。今の美冬は、六年前より老けるどころか、さらに魅力的な大人の女性になっていたのだから。

「さあ、どうぞ。父や母に紹介します」

「は、はい」

美冬に案内され、客間へ通される。そこは和と洋が混ざり合って調和した、いわゆる大正ロマンの趣《おもむき》の部屋で、その中に袴田家の全員が揃っていた。

一人ずつ、美冬が紹介してくれる。袴田家の主《あるじ》である美冬の義父、そして義母。三十歳前後と思われる男女は、美冬の義理の妹夫婦だ。美冬の義妹の袴田桐佳《きりか》は、下宿人などにはまるで興味ないようで、純一が挨拶をしても、目を合わせようともしなかった。

孝太郎はソファーの隅《すみ》に身を縮めて座っている。その隣にぴったりと寄り添っているのは、美冬が再婚してから産んだという娘の藍梨《あいり》だった。まだ五歳だという。

その父親であり、美冬の再婚相手はというと——ここにはいなかった。なぜなら彼は、もうこの世の人ではなかったから。二年前に癌で亡くなったのだ。

つまり美冬は、二度も夫を亡くした未亡人なのである。

二人目の夫が亡くなったときの彼女は、それはもう相当に落ち込んでいたと、純一は孝太郎から聞いていた。

(でも、もう立ち直っているようだな。良かった)

六年ぶりに会った美冬は、昔と同じように優しく微笑《ほほえ》みかけてくれる。それを見て純一はほっとしたのだった。

袴田家の全員の紹介が終わると、美冬の義父がゴホンと咳払いをした。

「まあ、なんだ……ここにいる間は我が家だと思って、うん、くつろぎなさい。ただし大学生なんだから、勉強はしっかりやんなさいよ」

言葉では一応歓迎してくれているが、その表情は少々複雑そうだった。

顔合わせが終わった後、こっそりと孝太郎が教えてくれる。どうやら美冬の義父は、純一の下宿をあまり快く思っていないらしい。だが、美冬と一緒に藍梨もお願いしてくれて、それでなんとか許してくれたのだとか。

袴田家はこの土地の旧家にして、K県にある地方銀行の創設者の一族。美冬の義父は、その現当主だという。しかし、どんなに凄い血筋や肩書きがあっても、やはり孫には甘くなるものなのだろう。

その話を聞いた純一が藍梨に礼を言うと、

「別にあなたのためにしたわけじゃないわ。お兄ちゃんのためよ。お兄ちゃん、あなたにここに住んでほしいみたいだったから」

そう言って、おしゃまな少女は孝太郎に抱きついた。父親は別々でも、とても仲の良い兄妹のようだ。

その後、純一が住むことになる離れへ案内された。

母屋《おもや》から十メートルほど離れたところに、庭木に囲まれて、なんとも寂《さび》た味わいの家屋があった。母屋と同じ平屋だが、純一の実家の一軒家よりも明らかに広い。

この離れを一人で使っていいと言われ、純一は驚いた。

「い、いいんですか？　だって、あの、下宿代もいらないんですよね？」

こんな豪邸に住んでいる大金持ちなのだから、庶民の大学生が月々に払える程度の下宿代など、それこそ雀の涙のようなものなのかもしれない。それでも純一としては、どうにも恐れ入ってしまうのだった。

美冬は微笑みながら頷《うなず》く。「ここはもうずっと前から、誰も使っていないそうです。だから、純一さんが好きに使って構わないそうですよ」

以前はこの離れ以外にも、使用人たちが住むための長屋などもあったそうだ。だが、母屋の改築で部屋を建て増ししたことで、そういったものは不要となった。そもそも昔は三人、四人と使用人を抱えていたらしいが、今は住み込みの家政婦が一人いるだけなので、母屋の一部屋で充分なのである。

また、家族の人数も減った。昔は三世代の大家族も珍しくなくて、この袴田家も二十人を優《ゆう》に越える大所帯だったそうだ。その頃は、母屋に入りきれない者たちが離れに住んだりもしたらしいが、現在ではその必要もなくなり、ここは空き家となって今に至るという。

母屋に比べれば、こちらの離れは、やはりそれなりに古びていた。

だが、一応の手入れはされているようで、壁の漆喰《しっくい》が剥《は》がれていたり、縁側の床板や柱がボロボロになっていたりすることはない。

建物の中も綺麗で、窓ガラスもピカピカ。埃《ほこり》一つ見当たらなかった。美冬と孝太郎が数日がかりの大掃除をしてくれたのだという。

(僕のためにそこまでしてくれて……なんてありがたいんだろう)

こうして贅沢すぎる新生活がスタートした。

初恋の女性のすぐ近くで寝起きし、日常を過ごす。それは新たに始まった大学生活にも勝るほどの魅力的な日々だった。

美冬は、一人暮らしにまだ不慣れな純一のため、いろいろと世話を焼いてくれる。

食事は袴田家の人々とは別々だったが、ちょうど夕食を食べ終わった頃に、美冬が「デザートにどうぞ」と、果物やケーキなどを持ってきてくれた。

小さなちゃぶ台を挟んで向かい合い、穏やかな笑みを浮かべる美冬とたわいない話をしていると、純一は心の底から幸せを感じる。

(まるで、同棲しているみたいだ)

そう思って胸を熱くした。自分の青春は今、最も輝いている。そのことに深く酔いしれた——

そんなとき、人はつい魔が差してしまうものである。

大学生活が始まってから三か月ほど経った、六月の下旬のある日のこと。季節は梅雨の真《ま》っ只中《ただなか》。だが今年は空梅雨《からつゆ》で、その日の朝の天気予報でも、降るとしたら夜更けからということだった。だから純一は、傘を持たずに大学へ行ったのだった。

だが、実際は昼過ぎから小雨が降りだし、大学帰りの純一が地元駅に着いた頃には本降りとなっていた。コンビニに入ってビニール傘を買おうかと思ったが、七百円という値段に躊躇《ちゅうちょ》する。学食で食べた今日の昼食より高くつくのだ。

(……走るか)

袴田家まで、全力を出せば十分ほど。純一は意を決して駅から飛び出した。ずぶ濡れになりながら懸命に走る。延々と続く袴田家の立派な塀が見えてきた頃、学校帰りの孝太郎と遭遇する。彼も傘を忘れて走っていた。二人で笑いながら大門の屋根の下に飛び込んだ。

くぐり戸を抜けて、離れまでまた駆け足になろうとする純一を、孝太郎が呼び止める。これだけずぶ濡れになったら風邪を引いてしまうかもしれないからと、風呂を勧めてきたのだった。

「ね、その方がいいよ。そうだ、たまには一緒に〝大浴室〟に入らない？」

ここの離れには風呂がない。一方の母屋には風呂が二箇所もあり、片方は立派な庭が見渡せる大きな浴室で、もう片方は庶民的なサイズの普通の浴室だった。

袴田家は江戸時代からの名家だが、実のところ、武家屋敷のようなこの豪邸のほとんどの部分が、近年になって建て直されているという。たとえば風呂などは、かつては薪《たきぎ》を燃やして湯を沸かす方式だったが、明治の終わり頃には世間より一足先にガスの風呂釜を導入し、その後も何度か改装《かいそう》、改築してきたそうだ。

大きな浴室は、ほんの五年前に改築したばかりだとか。袴田家の人間だけ入ることができて、純一やここの家政婦は普通の浴室の方を使っていた。

「いいのかな？　僕が大浴室の方に入っても」

「この時間は誰も使ってないし、別に構わないでしょ。一応、お母さんにも訊《き》いてみるけど、大丈夫だと思うよ」

純一が離れに帰り、着替えを用意していると、孝太郎からメールが来た。美冬も、今なら二人で大浴室を使っても構わないと言っているという。

純一は母屋へ向かう。孝太郎は、純一を洗面脱衣所へ案内し、

「お母さんが、純一さんの脱いだものは洗濯機の中へって言ってたよ」

そう言うと、さっさと服を脱いで先に大浴室へ入っていった。

ここで下宿してから、ありがたいことに洗濯もしてもらっている。純一は服を脱ぎ、雨水の浸《し》み込《こ》んだ靴下やパンツまですべて洗濯機の中へ入れた。

ふと、その横にあるランドリーボックスの棚を見る。先ほど孝太郎がその棚の一つに、脱いだ服を放り込んでいた。棚は六段ある。家族のそれぞれの汚れ物が交ざらないよう、棚を分けているようだ。

（じゃあ、この中に美冬さんの下着とかも……？）

そのとき、棚の中のあるものに純一の目は奪われる。

出来心を抑《おさ》えられず、手を伸ばしてしまう。それはパンティだった。黒の布地が、光の加減で細かなレース模様を美しく浮かび上がらせている。

手に取ってみると、その布面積の小ささに驚いた。後ろ側など、ほとんどが紐に近い形状で、まるでふんどしである。

いわゆるＴバックというやつだった。これを穿いたら、尻たぶはほぼ丸出しだ。こんな過激なパンティを美冬が穿くだろうか？　おそらく違う。きっとこれは美冬の義理の妹のものだろうと、純一は他の人の棚をあさった。

そして別のパンティを見つける。白を基調にした布地に、淡いピンクの花柄の刺繍《ししゅう》がふんだんに施《ほどこ》されていた。布面積は、先ほどのものよりもずっと大きい。

（藍梨ちゃんが穿きそうな子供パンツではない。花柄でちょっと可愛らしい雰囲気があるし、まさか美冬さんの義理のお母さんのパンツってこともないだろう）

だとすれば、消去法でこれは美冬のパンティということになる。

悪戯心《いたずらごころ》がムラムラと湧き上がった。頭の中で天使と悪魔がせめぎ合う。しかし、考えている時間はない。ぐずぐずしていたら、浴室の孝太郎に不審に思われてしまう。

純一は好奇心に身を任せ、花柄のパンティをひっくり返した。白い股布に縮れ毛などは残っていなかったが、目を凝《こ》らすと微《かす》かに黄色っぽい染みがあった。思い切って、鼻を近づけてみる。

（匂いは……ほとんどないな）

期待したような刺激的な匂いは感じられなかった。脱ぎたてでなければそんなものかと、少々がっかりする。

それでも嗅覚に集中すると、わずかだが甘酸っぱい匂いが残っているような気がした。純一は股布の染みに鼻先をくっつけて、深呼吸をしようとする――

そのとき洗面脱衣所の戸が開いた。浴室の方ではなく、廊下側の引き戸だ。

純一がギョッとして振り向くと、そこに美冬が立っていた。

彼女の切れ長の瞳が、これ以上ないほど大きく見開く。

「じゅ……純一さん、なにを……？」

数人分のバスタオルを小脇に抱えた彼女は、女の汚れた下着を手にしている純一を見て、唖然《あぜん》としていた。

2

現行犯の純一に対し、美冬は、その場ではなにも言わなかった。

しかし当然のことながら、お咎《とが》めなしというわけではなかった。その日の夕食後、美冬が離れにやってくる。茶の間で向かい合って正座し、お説教の時間が始まった。

憧れの人にみっともない姿を見られた純一は、激しく落ち込んでいた。一瞬だが、パンティに鼻先をくっつけていたところまで見られていたのだ。穴があったら入りたいし、いっそのこと、そのまま生き埋めにしてほしいとすら思った。

美冬はもちろん怒っていたが、しかし嫌悪や軽蔑の感情はうかがえず、それがせめてもの救いだった。あるいは涙目になってうつむいている純一があまりに惨《みじ》めで、さすがに哀れに思ったのかもしれない。

やがて美冬は溜め息をこぼし、

「まあ、純一さんの年頃では、性的な興味を抑えられないのも仕方がないのでしょうけど……」

眉間に皺《しわ》を寄せるも、少しだけ優しい口調になってこう続ける。

「私の下着だったら『こら！』で赦《ゆる》してあげてもよかったのですが、よりにもよって桐佳さんの下着に悪戯《いたずら》するなんて……。桐佳さんは綺麗な人ですものね。純一さんが気になってしまうのはわかります。けど……」

「え、あれ、桐佳さんの下着だったんですか？」

純一は思わず素《す》っ頓狂《とんきょう》な声を上げてしまった。すると美冬は目をぱちくりさせる。

「誰の下着かわからないで悪戯していたんですか？」

「いや、だって……名前が書いてあったわけでもないですから」

「あ……そ、それもそうですね」

美冬はなにか思い違いをしていたらしく、気まずさを隠すように咳払いをした。

「で、でも、それなら……さっきのあれが私の下着かもしれないと、純一さんは考えなかったんですか？　それとも女性の下着なら、誰のでも良かったんですか？」

「ち、違います」純一はブルブルと首を振る。

ここで下手《へた》な言い訳をすると、さらに不名誉なレッテルを貼られてしまうかもしれない。ならばと、純一は思い切って正直に告げた。

「さっきのあれは、多分、美冬さんの下着なんじゃないかと思って……それでつい、あんなことをしてしまったんです」

「え……？　私の下着だと思って、悪戯を……？」

あっけに取られた様子の美冬に、純一はおずおずと頷いてみせる。

すると美冬の美貌がぽっと赤くなった。今度は彼女の方がうつむいてしまう。

「純一さんったら……嘘は駄目ですよ。こんなおばさんの下着を好き好んで悪戯するなんて……そんなのおかしいわ」

「い、いえ、嘘じゃないです」

さっきまで厳しい表情でお説教をしていた美冬が、今は恥ずかしそうにモジモジしている。そのギャップに、純一の男心が昂《たか》ぶった。

（美冬さん、可愛い。ああ、好きだ……！）

この想いを伝えたい。伝えていいものだろうか？　思考を高速回転させる。高揚した心は、普段の冷静なときなら出さない答えを出した。掌《てのひら》に爪が食い込むほど握り締め、声を震わせながらも、純一は秘めたる恋心を打ち明けてしまう。

「ぼ、僕、美冬さんのことが好きなんです。好きだからつい、あんなことを……！」

だが——純一はすぐに後悔した。

美冬はゆっくりと顔を上げ、未だ頬《ほお》から耳まで真っ赤に染めつつ、しかし決然とした様子で首を横に振ったのだから。

「それは……違います。純一さんは性欲と愛情を勘違いしているのでしょう」

純一は頭から冷水をぶっかけられた気分になった。

「そ、そんなんじゃないですっ。僕は本当に美冬さんのことを一人の女性として……！」

自分の想いをわかってもらおうと、純一は美冬に詰め寄る。

だが、心の中ではすでに気づいていた。パンティの匂いを嗅いでいた人間が「好きです。愛してます」と言ったところで、信じてもらえないのも当然だと。

そんなことも考えず、勢いに任せて告白してしまった自分の浅はかさに、心底情けなくなった。

しかし後悔したところで、いったん口にしてしまった言葉をなかったことにはできない。純一はもうどうしていいかわからず、胸の内で愚かな自分を罵倒《ばとう》しているうちにボロボロと泣きだしてしまう。

涙が止められなかった。泣くほどに惨めになった。

するとと美冬がにじり寄ってきて、純一の頭をそっと撫でた。

「ああ……純一さん、私は責めているわけではないんですよ。お願いだからそんなに泣かないでください」

幼い子供をなだめるように、美冬は純一を撫で続けた。

「大丈夫、大丈夫。私なんかより、もっと純一さんにふさわしい女性がいるはずです。大学できっといい出会いがありますよ。そうすれば、本当の愛情というものが純一さんにもわかるはずです」

彼女の掌はとても優しくて、どういうわけか純一はよけいに悲しくなった。

カーッと熱くなった喉から、かすれた声を絞り出す。

「僕は……み、美冬さんに会いたくて、こっちの大学に決めたんです」

「え？」

「初恋でした……」ズズッと鼻をすする。「会えなかった六年間も、ずっと美冬さんのことが好きだったんです」

それなのに他の相手を探せとは、純一にとって、これ以上ないほど残酷な言い渡しだった。

純一の頭を撫でていた手が止まる。

今、美冬がどんな顔をしているのか、純一には確かめる勇気がなかった。うつむいたまま、時間が過ぎていく。

やがて美冬が「純一さん」と呼びかけてきた。それでも下を向いていると、彼女の両手が純一の顔をそっと挟んで持ち上げた。純一は臆しながら、彼女の顔を見た。

その表情は困っているようでいて、しかし照れているようでもあった。

眉根を寄せて、真っ直ぐに純一を見つめてくる。

「わかりました……。じゃあ一晩だけ、純一さんの恋人になってあげます」

「……え？」

美冬は静かに立ち上がり、さらにこう続けた。

「一晩で、きっと純一さんも目を覚ますでしょう」

二人は純一の寝室へ移動する。この離れには、三人家族くらいなら不自由なく暮らせるくらいの部屋数があった。純一は、袴田家の美しい日本庭園を眺めることができる六畳間を寝室にしていた。

実家の自室も六畳だったが、こちらは机も本棚も置かれていない、寝起きするためだけの部屋である。就寝前にオナニーをするため、箱のティッシュと小さなゴミ箱はあるが、それ以外の家具の類《たぐ》いは皆無。未だにちょっと落ち着かないくらい広く感じられる。

だが、これからここで淫《みだ》らな行為をするのだと意識した途端《とたん》、不思議と狭く感じられた。手を伸ばせば、すぐそこに女体がある。彼女の身体から漂《ただよ》う甘い香りが、室内に満たされていく。

「今、あの、準備をしますので……お待ちください」

純一はあたふたと押し入れから敷き布団を引っ張り出した。

と、美冬は早くも帯をほどき、着物を脱ぎ始める。純一は敷き布団を抱えたまま、美冬の肌が露《あら》わになっていくさまに見入ってしまう。

着物を掛けるための〝着物ハンガー〟というものがあるらしいが、もちろんここにはなかった。仕方がないので普通のハンガーを使ってもらう。美冬は長襦袢も脱いで、下着姿となった。

(……なんだか、変わったブラジャーだな)

美冬の胸元を覆《おお》うベージュ色のそれは、いかにも女性の下着という感じにレース模様がちりばめられていたが、形はブラジャーというよりベストに近い。

純一の視線に気づいた美冬が、面映《おもは》ゆそうに微笑みながら、「これは和装ブラというのです」と教えてくれた。胸の膨《ふく》らみが大きすぎると、着物のシルエットが崩れてしまうので、和装ブラで膨らみを押さえつけるようにして、形を整えているのだという。

いきなり乳房を晒《さら》すのは恥ずかしかったのか、美冬は純一に背中を向けて和装ブラを外した。彼女の後ろ姿を見て、純一はアッと声を上げそうになった。

パンティの後ろ側が、まるで紐のように細かったからだ。

「美冬さんは、そういうパンツをいつも穿いているんですか……？」

「え……？　ええ、そうですね」

普通のパンティだと、正座をしたときなどに、着物の尻の部分にパンティラインが浮き出てしまうのだとか。そうならないよう、美冬は尻たぶが剝《む》き出しになるTバックを穿いているのだという。

（やはり、脱衣所で見たあの黒いTバックが、美冬さんのパンツだったのか）

しとやかな未亡人の美冬が、実は普段からこんなセクシーな下着を着用していたとは、なんとも予想外だった。

純一はドキドキしながら、ほとんど剝き身の女尻に目を向ける。見事なボリュームを誇る二つの肉丘は、まるで巨大な桃のよう。しかもその桃は完熟期を迎えていて、柔らかそうな果肉は、軽く押しただけで果汁が滲み出てきそうである。

Tバックも脱ぎ、一糸まとわぬ姿となると、美冬は頬を赤らめながらも振り返り、胸を張って、自らの裸体を晒した。

「さあ、ご覧なさい。これが三十六歳の女の身体です。乳房は垂れてきているし、お腹もちょっと出ています。思い描いていたものと違って、がっかりしたんじゃないですか？」

確かに、六年前の彼女より肉づきが増していると思われる。

が、巨乳と呼ぶにふさわしいその膨らみは、彼女が言うほど垂れているわけでもなく、腹部の膨らみもむしろ艶《なま》めかしい曲線美。充分に許容範囲内――というか、むしろ美熟の極みで、よけいにそそられる。

（今まで美冬さんの裸を想像して何度もオナったけど、本物の方が、僕の想像なんかより何十倍もエロい……）

布団を敷き終えた純一は、もどかしい手つきで自らの衣服を次々に脱ぎ捨てた。素っ裸になって、美冬の前で股間を露わにする。

「全然、がっかりなんてしてないです。ほら」

純一のものはすでにフル勃起《ぼっき》しており、先端がへそにくっつきそうなくらい、力強く反り返っていた。

「ま、まあ……なんて逞《たくま》しい……」

若勃起の有様に目を丸くする美冬。

以前、純一はネットで調べたことがあるが、勃起したペニスの平均的な長さは十三・六センチなのだとか。純一はそれを一、二センチ越える程度なので、巨根と呼べるほどのモノではないのかもしれない。

それでも、まずまず自慢の息子だった。大きさだけでなく、日本刀の如く反り返っているところも気に入っている。

しばしその威容に見入っていた美冬だが、やがてハッとして目を逸《そ》らし、

「純一さんは、その……女性としたことはあるんですか？」と尋ねてきた。

純一は素直に「ないです」と答える。童貞は自慢できることではないが、初恋の人である美冬に一途《いちず》であった証《あかし》でもある。

「初めてなんですね。じゃあ……私が教えてあげないといけませんね」

心なしか、美冬は嬉しそうに微笑んだ。

が、すぐに難しい顔になり、首を傾《かし》げる。「セックスの仕方を教えるなんて初めて

だから……ど、どうすればいいのかしら」

「あの……」純一は思い切ってお願いしてみた。「僕、美冬さんの……む、胸を触りたいです」

「あ……そ、そうですよね。まず最初は前戯よね。ええ、いいですよ」

美冬が敷き布団の上に正座し、純一も腰を下ろして向かい合う。

(Fカップくらいか……?)

豊かなカーブを描く熟れ乳に、純一はおずおずと手を伸ばした。

下乳を掌で包み込むようにし、ゆっくりと揉《も》んでみる。初めて体感する乳肉の柔らかさは、驚くほど儚《はかな》く、まるで空気を握っているかのようである。

(オッパイって、こんなに柔らかかったんだ)

性に目覚めて以来、夢に見るほど触ってみたかった女の胸の感触。脳みそが沸騰《ふっとう》しそうなほどに興奮した。そして乳肉の揉み心地を堪能《たんのう》した後は、次なる性的好奇心に従い、膨らみの頂点にある突起へ指先を進める。

二人の子供に吸わせたであろう乳首は、なかなかの大粒だった。色は濃いめで、やや黒ずんでいる。しっとりとしたダークピンクの薔薇《ばら》の蕾《つぼみ》のよう。乳輪がぷっくりと膨らんでいるさまも、実に艶めかしかった。

純一は震える指先でまずは乳輪を、円周に沿って撫でる。

それからいよいよ乳首に触れ、チョンチョンとついた後、上下に軽く撫でてみた。

美冬は「あんっ」と可愛らしい声を上げ、恥ずかしそうに目を逸らす。

「気持ちいいですか……？」

「え、ええ……んんっ」

これ以上、声を出さないようにするためか、美冬はギュッと唇を結んだ。だが、肉の蕾はみるみる膨らんで硬くなっていくし、彼女の鼻息は確実に乱れていく。

およそ拙《つたな》いであろう自分の指使いでも、美冬のような年上の女を感じさせているのだ。そう思うと、純一の胸は高鳴った。もっと気持ち良くさせたくて、大きく尖った突起を二本の指でキュッキュッとつまむ。ひねったり、引っ張ったりする。

「ひっ……ううっ……そ、そんなにオモチャにしないでください……ああっ」

女体が切なげに戦慄《わなな》き、それに合わせて柔乳がプルプルと揺れる。

乳肌が火照《ほて》って、心なしか湿り気を帯び、彼女の体臭がさらに甘ったるく薫《かお》ってきた。

純一はますます欲情し、身を乗り出して勃起乳首に吸いつく。赤ん坊の頃に母の乳を吸った記憶などとうに失われていたが、心の赴《おもむ》くままに舐め回し、舌先で転がして、ときに頬が窪《くぼ》むほど吸引した。

「あぁン……じょ……上手ですよ……あっ、あぁっ……オッパイを吸ってる純一さん、とっても可愛い……んふぅ……くぅぅん」

美冬はまた、よしよしと純一の頭を撫でてくれる。純一は嬉しくなって、反対側の乳首にも吸いつき、せっせと舌を使った。

と、不意に美冬の手が、純一の股間に伸びてくる。かつてないほど膨れ上がり、忙《せわ》しなく打ち震えている怒張を、彼女は掌でそっと包み込んできた。

「ああ、なんて硬いのかしら……それにとっても熱い……」

美冬はうっとりと呟いて、鎌首《かまくび》をもたげた肉棒を何度も握ってくる。それだけで純一は、背筋がゾクゾクするような快美感を覚えた。

(気持ちいい、気持ちいい……あぁっ)

手筒は、幹の根元から雁首《かりくび》や亀頭までを行ったり来たりした。異性の手によって初めてもたらされたペニスの快感は、心も身体も蕩《とろ》けさせていく。

気づいたときには腰の奥が熱くなり、鈍く痺《しび》れていた。

握られただけで、まだひと擦《こす》りもされていないのに――純一はまさかと思ったが、それは間違いなく射精の予兆だった。

「み、美冬さんっ……駄目です、ああっ、出ちゃいそう……！」

「ええっ……？　ちょ、ちょっと待ってください」

純一がこんなにあっけなく達してしまうとは、美冬も思っていなかったのだろう。

戸惑う彼女は、射精を止めるつもりだったのか、ギュウッと力を込めて肉棒を握り締めてきた。

が、それはまったくの逆効果。圧迫感がさらに強い愉悦《ゆえつ》を生み、限界寸前のペニスにとどめを刺す。

「あ、ああっ……ウウーッ!!」

純一は射精を余儀なくされた。ペニスの先から噴き出した樹液は、美冬の乳房や腹部を次々と白く染めていった。

逃げるでもなく、その有様を呆然と眺めていた美冬だったが、やがて射精が終わり、それでもなお隆々とそそり立っている男根に、一向に萎《な》える気配のない若勃起に大きく目を見張り、

「まあ、なんて凄い……こんなにいっぱい出したのに……」と呟く。

「い、いやぁ、ははは……」

純一は照れ笑いを浮かべながらも、ちょっとだけ誇らしい気持ちになった。

やりたい盛りの年頃ゆえ、一日に二回、三回のオナニーをすることも珍しくない。今の射精は本日一発目で、まだまだ精力は有り余っていた。そもそも憧れ続けた初恋の女性が一夜の恋人になってくれるというのだから、イチモツはいつも以上に張り切るというものだ。

真っ直ぐに彼女を見つめて尋ねる。

「あの、これでおしまいじゃないですよね……？」

美冬はティッシュで、自分の身体よりも先に、ペニスにまとわりついた精液を拭《ぬぐ》ってくれた。ティッシュとのわずかな摩擦《まさつ》で、肉棒はヒクッヒクッと打ち震える。

「……ええ、もちろんです」

元気いっぱいに反り返るペニスを、美冬は愛《いと》おしげに眺めていた。

「恋人同士の夜なんですから、ちゃんと最後までしましょうね」

3

自らの身体に張りつく白濁液《はくだくえき》も拭《ふ》き取ると、美冬は布団の上で仰向《あおむ》けになった。

「……さあ、どうぞ」

大人の女の顔で美冬は微笑むが、その声には微かな緊張がうかがえる。

ムッチリした左右の太腿《ふともも》がゆっくりと開き、純一は息を呑んだ。言わずもがな、女の秘部を直《じか》に見るのは初めてである。

（おお……オマ×コだ……）

露わになった女陰はすでにじっとりと潤《うるお》っていた。彼女の恥毛はなかなかに濃く、割れ目から溢《あふ》れた愛液に濡れて、大陰唇にベッタリと張りついていた。

花弁を思わせる小陰唇も妖しく濡れ光っている。人妻だったとはいえ、未亡人になってしまった期間の方が長かったのか、熟《う》れた身体に似合わず、二枚の花弁はさほど発達していなかった。

その狭間《はざま》には凹凸の入り組んだ肉の穴があり、純一が見ている間にも、穴の奥から透明な花蜜がトロリ、トロリと溢れ出てくる。

乳首を吸われたから？　若勃起を握って興奮した？　なんにせよ、彼女にこれ以上の前戯は不要だろう。

純一は固唾《かたず》を飲んで、彼女の股ぐらの間に膝をつく。

すると彼女は手を伸ばして屹立《きつりつ》をつまみ、その先端を濡れ肉の窪地に誘導してくれた。

「ここです。さあ、腰を前に」

「は、はい」

言われたとおりに純一は腰を突き出す。

途端に肉穴の口が広がり、張り詰めた亀頭がたやすく呑み込まれた。

「うわっ……ううう」

奥歯を嚙み締めながら、純一はさらに深く潜り込んでいった。膣壺の中は想像以上に熱く、まるで沸かしたての湯船に浸かっているよう。驚きと共に、童貞を脱した感慨が一気に込み上げてきた。

一方の美冬も、ズブズブと進入してくる肉棒に声を上擦《うわず》らせる。

「あ、あっ、凄いわ、この大きさ、この硬さ……中にグリグリ当たってる」

やがて亀頭が終点に触れるが、それでもなお腰を進めれば、膣壁は柔軟に伸張し、どこまでもペニスを受け入れてくれた。

そしてとうとう根元までズッポリと女体の中に入り込む。

(やった……)

純一は感極まって、美冬の肩に腕を回して抱きつく。初恋の人と、最も深いところで繋がることができたのだ。それは肉悦とはまた違う、大きな心の喜びだった。

「童貞卒業ですね……。純一さん、おめでとうございます」

よしよしと頭を撫でてくれる美冬。純一は胸を熱くして、よりいっそう彼女を抱きすくめた。

互いの身体が、ぴったりと重なり合っている。肌の火照りも、高鳴る胸の鼓動も伝わってくる。熟れ肌から立ち上る甘い香りが、たちまち鼻腔を満たし、純一はうっとりとしてさらにクンクンと鼻を鳴らす。

「や、やだ……純一さんったら、そんなに匂いを嗅がないでください。こんなことになるなんて思ってなかったから、お風呂にも入っていないんです」

しかし純一は、彼女の首筋に鼻をくっつけて、なおも嗅ぎ続けた。

「美冬さんの身体の匂い、僕、大好きです。なんだか頭がふわふわしてきて、いつまでも嗅いでいたくなります」

「ああん、そんな……」

美冬は悩ましげに身をよじる。すると、膣口がキュキュッと収縮する。

竿の付け根を軽やかに締められ、たちまち純一は先走り汁をちびってしまった。

（中に入っているだけで、こんなに気持ちいいなんて……）

今、抽送《ちゅうそう》を始めたら、瞬《また》く間にまた果ててしまいそうである。純一はしばらくじっとして呼吸を整えつつ、ペニスが落ち着くのを待つ。

だが、いつまで経っても愉悦の波は引かなかった。

膣穴の、締めつけてくる力自体はそれほど強くない。しかし、ぴったりと張りついてくる膣壁が、ゆっくりとうねって肉棒を揉み込み、ピストンする前からじわじわと性感を高めてくるのだ。

(このままじゃ、なにもしないうちにまた射精しちゃうかも……)

それならばと、純一は腰を持ち上げ、意を決して抽送を始める。

深呼吸に合わせて抜き差しを繰り返す、緩《ゆる》やかなストローク。それでも自分の手でしごくよりずっと気持ちいい。

そして純一だけでなく、美冬も愉悦を感じているようだった。生温かな吐息と共に、悩ましげな声が純一の耳の穴をくすぐる。

「あぅ……はうぅん……あ、あ、んんん……」

純一は上半身を持ち上げ、美冬の顔を覗き込んだ。目が合うと、美冬は恥ずかしそうに視線を逸らす。

「美冬さん……気持ちいいですか？」

「……え、ええ」

躊躇《ためら》いがちに小さく頷く美冬。

彼女の夫が病床に伏したのは二年半ほど前で、それ以来、彼女は一度もセックスをしていないという。

「久しぶりだからかしら。なんだか凄く敏感になっているみたい……あぁン」

美冬が艶めかしく身をよじると、左右にしんなりと流れ落ちた熟れ乳がタプン、タプンと揺れた。

「それに純一さんの、オ、オチ×チンが、こう、反っているから……ああっ、気持ちいいところにちょうど引っ掛かるんです」

「そ、そうなんですか……？」

自慢の息子は、大きさだけでなく、その形状もなかなかに女泣かせらしい。

純一は嬉しくなって、再び美冬に抱きついた。そして、控えめだった嵌《は》め腰を励ます。より大きなストロークで、抽送も加速させる。

「はあぁん、擦れるっ……あ、んんっ、お、奥もぉ……ううっ」

ヌチャヌチャと粘っこい水音が響き、美冬はさらに乱れていった。

やがて彼女の両腕が、純一の頭を掻《か》き抱《いだ》く。じっとりと汗に濡れ、熱く火照る女体が、密着したままくねくねと蠢《うごめ》いた。

「あぁ、こんなに気持ちいいと……あう、ううっ……こ、困っちゃうぅ」

切ないかすれ声の艶めかしさに、純一は興奮を高めた。汗ばむ女体のアロマを胸一杯に吸い込み、首筋に溜まったしずくをペロッと舐める。しょっぱくて美味《おい》しい。

さらに舌を這わせ、そして口づけするようにチュッチュッと吸い取った。「くすぐったいです」と美冬は言ったが、その声はなんとも心地良さげだった。

まさに恋人同士がじゃれ合っているような交わり、男と女の甘い睦《むつ》み合いに、純一はどんどんのめり込んでいく。

これまでガールフレンドの一人もいなかった純一が、この瞬間、冷静でいられるわけもなかった。

「はあ、はあ……ウウッ」

夢中になって女体を貪《むさぼ》っていたら、いつしか射精感が限界間際まで高まっていた。

慌てて腰を止めても、もう遅い。美冬が乱れるほどに力強さを増した膣壁のうねりで、ペニスはアクメの淵に追い詰められてしまう。

「ああっ、ク、クソッ……おうううっ……!!」

多量のザーメンを、失禁するように膣壺に漏《も》らした。

「ああん、凄い量、いっぱい出てます……二度目なのに……んふぅ」

美冬の声は、責めるどころか、むしろ褒めてくれているようだった。しかし純一は、自分だけあっけなく果ててしまったことに後ろめたさを禁じ得ない。それは射精の悦《えつ》を上回った。

ペニスの脈動がやむと、情けない声で謝る。

「ごめんなさい。僕だけ……」

「そんなこと……気にしないでいいんですよ。初めてだったんですから」

純一の頭を抱き寄せる二本の腕は、どこまでも優しかった。

「それよりも」と、今度は美冬の方が申し訳なさそうに言った。「初めての相手が私みたいなおばさんで……本当に良かったんですか？」

「美冬さんが良かったんです」

純一は、一瞬の躊躇いもなく答えた。そして、こう続ける。

「キス……していいですか？　僕、初めてのキスも、美冬さんがいいです」

男だって、ファーストキスには並々ならぬ思い入れがあるのだ。ある意味では、童貞喪失以上に。

純一は、自分のすべての〝初めて〟を美冬に捧《ささ》げたかった。

美冬は目を見開き、あっけに取られたように「まあ……」と呟く。

嫌がってはいなさそうだった。しかし、

「で、でも、キスはやっぱり……大事に取っておいた方がいいんじゃないですか？　ファーストキスは特別な人と――」

「僕には美冬さんより特別な人はいません」

純一はかぶりを振り、彼女の言葉を遮《さえぎ》った。

「いいですよね？　今は僕たち、恋人同士なんですよね？」

「そ、それは……うむっ」

純一は返事を待たずに、しっとりと濡れ光る朱唇へ自身の唇を重ねる。

ただ触れ合うだけ――純一にはそれが精一杯だった。だが、初めての口づけの感動は、それだけで全身の血を熱くさせる。しばし朱唇の柔らかさに酔いしれた。

と、不意に美冬の舌が、純一の口内へ潜り込んでくる。

キスをする前は躊躇っていた美冬も、いざ唇が触れ合うと、それだけでは物足りなくなってしまったのかもしれない。彼女の舌は、驚いて引っ込みかけた純一の舌を見つけると、ヌルリと絡《から》みついてきた。

（うう……き、気持ちいい）

美冬のリードで、純一は大人のキスを知る。それはまさに舌の交わりで、粘液をまとった粘膜同士が、妖しくも心地良い摩擦感を求めて擦れ合う。

美冬の唾液《だえき》はほんのりと甘かった。彼女の熱い鼻息も、甘やかなアロマを含《ふく》んでいた。純一は、脳みそが砂糖漬けになってしまうような気持ちになるが、白く溶けていく意識のなか、自身の下半身の疼《うず》きだけははっきりと感じた。

「んむぅ……んんっ……うぐ、うぅ……ああン」

すると美冬は悩ましげな呻《うめ》き声を漏らし、やがては唇を離してしまう。

驚きと困惑の入り混じった眼差《まなざ》しで、彼女は見つめてきた。

「二回も出したのに……まだこんなに元気なんですか？」

立て続けの大量射精でいったんは萎えかけたペニスが、彼女の膣内で、今や完全に復活していたのだ。

「美冬さんが、あんなエッチなキスをするからですよ」

純一は未だ吐息を乱しつつ、ニヤリと笑う。「もう一回、いいですよね？」

美冬は一瞬眉根を寄せるが、すぐに慈母の笑みを浮かべて頷いた。「……でも、やりすぎは身体に毒ですから、もう一回だけですよ？」

「はいっ」

最後の一回なら、さっきとは違うやり方にしたいと思う。純一はハグを解き、身体を起こすと、美冬のたっぷりと脂《あぶら》の乗った太腿を両脇に抱え込み、抜かずのピストンを開始する。

「あ、ああ、気持ちいいわ……擦れ方が変わって……はうぅ」

白い喉を晒して仰《の》け反《ぞ》り、敷き布団に五本の指を立てながら、右に左に肩を揺らす美冬。熟れ巨乳も忙しく形を変えて躍動し、純一の目を魅了する。

体位を変えたことで、艶めかしく身悶える女体の有様を、今度は余すことなく眺めることができた。純一は鼻息を荒らげ、さらにピストンを加速させる。

腰の使い方も、多少はわかってきた。たどたどしかった抽送がなめらかになっていき、勢いの乗った亀頭がズンッズンッと膣底を打つ。

「おううつ、お、奥を……そんなに突かないでください……うぅ、うぅん」

「あ……すみません、痛かったですか？」

美冬は額に汗を浮かべ、首を横に振った。

「奥は、とっても感じてしまうので……そんなにされたら、私、おかしくなっちゃいます……。あ、ダメです、ダメぇぇ」

膣奥に性感スポットがあると聞いて、放っておけるわけがない。純一は中出ししたばかりの牡汁《おすじる》をグチャグチャに掻き混ぜながら、肉の拳で膣底をさらに激しくノックした。

「おほっ、おおおぅ……ま、待ってください、本当に……イクッ……イッてしまいそうです……！」

「いいじゃないですか、イッてくださいっ」

あるいは美冬は、今でも亡夫への想いが強いのかもしれない。こうして純一とセックスをしているが、それでも気を遣《や》らないことが彼女なりの貞節なのかもしれない。

（そんなの、忘れさせてやるっ）

彼女の中にある亡夫の影を打ち消すつもりで、純一は若勃起を叩き込む。

嵌め腰を励ましたことで肉擦れが強くなり、純一の性感もぐんぐんと高まっていった。しかし美冬をイカせたい一心で、湧き上がる射精感を抑え込み、なおも腰を叩きつけていく。

すでに二度も放出しているのだから、なんとか持ちこたえられるだろうと思っていた。そのために全力で肛門を締め上げた。だが、

（どうなってるんだ……オマ×コが、気持ち良すぎる……！）

美冬の乱れ具合が激しくなるにつれ、膣壺の嵌め心地はますます極まっていったのである。内部は燃え上がるような高熱を帯び、壺口周辺の膣肉が厚みを増して、最初

の頃とは段違いの力感《りきかん》でペニスを締め上げてきたのだ。

たっぷりの蜜を含んで吸いついてくる膣壁が、裏筋や、雁《カリ》のくびれの隅々まで擦り立ててくる。童貞だった頃には想像することもできなかった激悦に、純一の前立腺はあえなく決壊した。

「うぐっ……クウウーッ!! う、うっ、おおオォ」

三度目のザーメンを吐き出しながら——しかし純一は嵌め腰を続行する。肉棒がピストン可能な勃起を維持している限り、諦めずに雁エラで膣壁を擦り、最奥にあるという急所を亀頭で刺突し続ける。

するとほどなくして、美冬はガクガクと痙攣《けいれん》しながら身をよじった。

「あ、ああ、もう……イィ、イキます、うううっ……!!」

彼女が切羽詰まった声を絞り出すや、膣路は、これまで以上に狂おしげにうねりだし、射精直後の敏感なペニスを激しく揉み込んでくる。

苛烈《かれつ》すぎる感覚はもはや愉悦とは呼べず、純一はピストンを止め、奥歯を噛んで耐え忍んだ。

しばらくしてそれが治まると、太い息を吐き出し、そして尋ねる。

「……イキましたよね？」

美冬は赤らめた顔を背け、

「そんなこと訊かないでください……」とだけ呟いた。

それは絶頂したと告白しているようなものだった。

(やった……僕は、美冬さんをイカせたんだ……！)

高まる歓《よろこ》びに背筋がゾクゾクする。なにしろ初めてのセックスで、女を絶頂まで導くことができたのだ。その達成感は、間違いなくこれまでの人生で最大。第一志望の大学に合格したときの感動を遥かに超えていた。

しかし――

その興奮が徐々に下火になってくると、不意に美冬の言葉が脳裏に蘇《よみがえ》る。

『一晩だけ、純一さんの恋人になってあげます』

一晩だけ。もうこれっきり。

途端に全身の力が抜けて、純一は、美冬の女体に倒れ込んだ。

彼女の背中に強引に腕を回し、母性的な腰のくびれを抱き締める。まだ離れたくない。まだ帰らないでほしい。そんな思いのまま、ギュッと。

美冬も、純一を抱き締めた。そっと優しく。

なにも言わずに彼女は、ただ背中をトントンと叩いてくれた。純一は泣きそうになり、彼女の首の付け根に顔を埋めた。

4

日付が変わる前に、美冬は母屋へ帰っていった。

彼女の匂いが染みついた布団で、純一は眠れぬ夜を過ごした。瞳を閉じれば、まぶたの裏に先ほどの美冬の裸体が浮かび上がる。悩ましげな喘《あえ》ぎ声が脳裏に蘇る。だがもう淫気《いんき》は込み上げてこなかった。

目覚ましが鳴るまで、純一は美冬のことをずっと考え続けた。

洗面所で顔を洗って、頭をすっきりさせる。トーストとコーヒーで軽い朝食を済ませた後、大学へ行くために離れを出た。

母屋の脇を通り抜けて正門へと向かう。すると、母屋の玄関の前に美冬がいた。

「あ……お、おはようございます」

一瞬、狼狽《うろた》えたものの、純一は頭を下げて挨拶した。

美冬はにっこりと挨拶を返してくれる。「おはようございます、純一さん」

彼女は娘の藍梨を、幼稚園バスのバス停へ連れていくところだった。引き戸が開いたまの玄関から、家の中に向かって呼びかける。「藍梨、早くしないとバスが行っちゃうわよぉ」

あの子はいつも家を出る寸前におトイレに行くんですよと、美冬は苦笑いをしながら言った。

まるで昨夜のことなどなかったような態度である。あれは一晩だけのことで、もう今の私は、あなたにとってただの幼馴染みの母親ですから――彼女の顔には、そう書かれているようだった。

（そんなの嫌だ……！）

一晩中考えても、やっぱり純一は、美冬のことが諦められなかった。

衝動的に彼女の肩を両手でつかむ。

「じゅ、純一さん……？」

困惑する彼女の表情が、なおさら純一の心を掻き乱した。そんな顔しないで！

純一は激情に駆られて、美冬の唇を奪った。

拒絶される前に、離れる。うつむいて目を逸《そ》らし、彼女の足が後ずさりするのを見ながら告げた。

「僕、やっぱり一晩だけなんて嫌です……！」

胸の内に渦巻いていた思いを吐き出すと、逃げるように正門へ向かった。

と、用を足し終えた藍梨がようやく玄関に現れたようで、純一の背後から彼女の声が聞こえてくる。

彼女は、不思議そうに母に尋ねるのだった。

「お母さん、どうしたの？　お顔、真っ赤よ？」

第二章　家政婦の夜の奉仕

1

「えっ？　告白されちゃったんですか？　あの緒方くんに？」

「しーっ、声が大きいわ、雛子《ひなこ》さん」

目を丸くしている市原《いちはら》雛子に、美冬は慌てて唇の前で指を立てる。

ある日の午後、美冬の自室にて。ここは義理の両親の部屋とも、義妹夫婦の部屋とも離れているから、多少の話し声がそちらまで届くはずはないが、なにしろ美冬はその緒方純一と一線を越えてしまっている。大きな声を出されると、後ろめたさに心が乱れた。

八畳の和室の中央に座卓がすえられていて、美冬の向かいに、袴田家の家政婦である雛子が座っていた。雛子はハッとした顔で、両手で口元を押さえる。

「す、すみません、びっくりしちゃって。まさか美冬さまの口から、そんな浮いたお話が出てくるなんて思ってませんでしたから」

ペコッと頭を下げる雛子だったが、しかしその後は好奇の薄笑いを浮かべて、話の続きを促《うなが》してきた。詳しく聞かせてください、と。

美冬の顔が、みるみる火照っていく。

（やっぱりこんなこと、話すべきじゃなかったのかも）

それでも雛子に打ち明けてしまったのは、それだけ思い悩んでいたから。誰かに話を聞いてほしかったのだ。

雛子は三十歳という年齢を感じさせぬ童顔で、ときおり少女のような茶目っ気も見せてくる。いつも微笑みを絶やさず、邪念のようなものをまるで感じさせない。そんな彼女だから、美冬も思わず悩みを吐露《とろ》してしまった。さすがに純一とセックスをしたことまでは話さなかったが。

もちろん、雛子の律儀《りちぎ》な性格を信頼したうえでのこと。彼女は家政婦としては有能で、仕事ぶりは実に誠実だ。人の秘密を他人にペラペラしゃべるような人間ではないはず。

「もう、からかわないでちょうだい。私、真剣に悩んでいるんですから」

「あ……いえいえ、決してからかっているわけでは……」

美冬が恨めしそうに睨むと、雛子は両手をブンブンと振った。それから彼女はコホンと咳払いをする。

「でも……そんなに悩むことあります？　美冬さまは今、独り身なんですし、若い子とのアバンチュールを愉《たの》しんだっていいじゃないですか」

「アバンチュールって……彼は真剣なんですよ？　私のことを初恋の人だって……」

すると雛子は、今度は笑いながら「いやいや」と手を振った。

「あの年頃の男の子は、愛情と性欲の区別がついていないんですよ」

そして「緒方くん、美冬さまが初恋の人だったんですね」とか、「美冬さまの色気は、性に目覚めたばかりの男の子には強すぎたんですよ」などと言ってくる。

美冬自身も「愛と性欲を混同している」と純一を諭《さと》したものだが、しかし他人から同じことを言われると、なんだか複雑な気分になった。

「わ、私だって最初はそう思いました。でも……」

セックスをした翌日、口づけと共に「一晩だけなんて嫌です」と宣言した彼は、その後もことあるごとに美冬に熱い視線を送ってくる。「好きです。愛してます」「僕の気持ちを受け止めてください」と、その眼差しが物語っていた。

「もしかしたら、本当に私のことを好きなんじゃないかしらって思えてきて……だから困っているんです」

「緒方くんみたいな子は、恋愛対象として全然興味ないってことですか？」

「そ、そうじゃなくて……あんな若い子と私みたいなおばさんじゃ、どう考えても釣り合わないじゃないですか」

「そんなことはないと思いますけど……」

雛子は怪訝《けげん》そうに首を傾げる。確かに雛子のような可愛らしい大人女子だったら、純一とカップルになっても違和感はないかもしれない。

そんなふうに考えると、美冬はますます複雑な気持ちで胸の内を曇らせる。

だが雛子は、美冬の気持ちにまったく気づいていない様子でにっこりと笑い、

「わっかりました。じゃあ機会があったら、私も緒方くんと話してみます」

お任せくださいと、元気よく拳で胸を叩いた。

「……そうね、お願いするわ」

なにやらよけいに悩ましくなって、雛子が仕事に戻っていった後、美冬は一人、長い溜め息をこぼすのだった。

2

七月に入ったばかりの土曜日。大学の講義は午前中だけで終わり、純一が袴田家へ帰宅すると、なにやらいつにない静けさを感じた。今日は袴田家の人々が皆出かけているので、そんな気がしてしまうのかもしれない。

本日は美冬の義母の誕生日だった。袴田家の一同は都心にある高級ホテルに一泊し、そこで誕生日を祝うという。

午前中で授業が終わる孝太郎を車で拾って、そのままホテルに向かう予定だと、純一は聞いていた。もうすぐ午後一時半なので、袴田一家はすでに出発しているはず。

母屋の脇を通り抜けて離れへ向かう途中、庭の干し場に布団がずらっと干されているのを見た。家政婦の雛子が、せっせとそれを裏返していた。

(あ、家政婦さんはお留守番なんだ)

純一は雛子に声をかける。「市原さん、ただいま」

「ああ、おかえりなさい、緒方くん。勉強、お疲れ様」

雛子は振り返り、にっこりと微笑んだ。

その顔立ちは、美冬のような美人タイプではなかったが、愛嬌のある垂れ目がなかなかに魅力的である。純一にとって雛子は、親しみやすい近所のお姉さんという感じだった。いつも元気そうな彼女には、髪の毛を後ろでまとめたポニーテールがよく似合っていた。

そして雛子は、また布団をひっくり返す作業を続ける。昼前から干していて、布団の両面にまんべんなく日光を当てるため、今、裏返していたのだそうだ。

「袴田家の皆さんの全員分の布団ですか？　大変ですね」

「まあね。でも、まだ梅雨明けしてないのに、昨日に続いて今日も晴れたじゃない？　こんなチャンスを逃すわけにはいかないからね」

仕事熱心な人だなと思いながら——純一は密かに、雛子の胸元へ視線をやる。

雛子はどちらかというと小柄な女性である。しかし、大人の女にふさわしく、その身体はしっかりと肉づいていた。

特に胸元の膨らみは圧巻で、ブラウスのそこは、ボタンが弾《はじ》け飛ばんばかりに張り詰めている。美冬の胸も、普段の着物姿からは想像できないほど豊かだったが、この膨らみは明らかにそれを越えていた。

と、雛子が不意に尋ねてくる。「ところで緒方くん、お昼は？」

「え？　お、お昼ですか？」

純一は慌てて目を逸らし、学食でラーメンを食べましたと伝えた。

雛子は、あら残念と言う。「まだだったら、なにか作ってあげようと思ったのに。私はこれからなんだけど……今日はこの家の皆さん、いないでしょう？　自分の分だけ作るって、なんだか気が進まないのよ」

毎日、袴田家の人々の食事を用意している雛子は、食べてくれる人がいないと作り甲斐《がい》がないのだそうだ。

「ねえ、じゃあ夕食を作ってあげようか？」

「いいんですか？」

「ええ、もちろん。じゃあ、楽しみにしてて」

食費が一食分浮くだけでもありがたいが、雛子のような可愛らしい女性の手料理が食べられるとなると、男として、心が躍《おど》らずにはいられない。

純一はよろしくお願いしますと言って、離れに戻った。

その後は、今月の末にある大学の前期テストのための勉強をやったり、気晴らしに少しゲームをしたりして時間を過ごす。

午後六時半を過ぎ、そろそろかと思っていると、雛子が呼びに来た。

「こっちまで持ってくるのは大変だから、母屋で食べましょう」

「僕もそっちで？　いいんですか？」

「別に構わないわよ。なんだったら普段から食べに来ていいのよ？」

純一はいつも離れで食事をしている。純一の下宿が決まったとき、美冬は「毎日の食事はどうします？　私たちと一緒に母屋で食べますか？」と言ってくれたが、純一の方から断ったのだ。

下宿代はいらないと言われているので、純一は袴田家に一円も払っていない。これで食費までお世話になるのは心苦しかった。もちろん向こうは、純一ひとり分の食費が増えたところで痛くも痒くもないのだろうが。

一番の問題は、純一がそれほど社交的な性格ではないということだった。面識の浅い美冬の義父母や義妹夫婦と共に食事をするのは、なんとも気まずく思えた。

ゆえに純一が母屋に入るのは、風呂を借りるときだけ。そのときに美冬や孝太郎以外の人と顔を合わせても、軽く挨拶をする程度だった。

「いやぁ、セレブな人たちと一緒に食べるなんて、緊張しちゃいますから。食事のマナーとかもよく知らないですし」

「マナーなんて気にしなくてもいいのに。まあ、気持ちはわかるけど」

純一は雛子に続いて母屋に入り、長い廊下の先にある座敷へ案内された。そこは食堂として使われている部屋で、二十畳ほどの和室の真ん中に縦長の大きな座卓があった。十人以上でも座って食事ができるだろう。座卓の下は掘りごたつのように窪んでいて、正座の必要はない。

袴田家の人々が不在とはいえ、純一は一応遠慮して下座に座った。ほどなくして雛子が料理を運んでくる。今晩のメインはビーフシチューだった。

二人分の料理が並ぶと、雛子と向かい合って食べ始める。早速ビーフシチューを頂くと、純一はあまりの美味しさに思わず唸ってしまった。その反応に、雛子は満足そうに目を細めた。

これが袴田家の人々の舌を満足させている彼女の料理かと、純一は深く感心する。お代わりもできると言われたので、遠慮なく頂いた。今度はご飯の上にビーフシチューをかけてもらい、ハヤシライス風にしてもらった。

「ああ、やっぱり美味しいです。ご飯によく合います」

ハヤシライス風にすることを見越して、今日のご飯は少し硬めに炊いたのだそうだ。ビーフシチューの汁気の中で米がパラパラとほぐれ、実に良い食感である。

「お気に召したようで私も嬉しいわ」雛子は顔いっぱいに微笑んだ。「私ね、料理は結構得意なの。昔は料理人になりたくて、調理師の専門学校へ通っていたのよ」

しかし料理の勉強をしているうちに、自分が本当にしたいのは奉仕《ほうし》なのだと気づいたという。

そのことを専門学校に相談すると、家政婦派遣会社を紹介してくれた。家政婦としてのスキルに料理の腕は必須らしく、そのために調理師の専門学校へ来る生徒もそれほど珍しくはないのだとか。

「へえ、そうだったんですか。料理人の夢は捨てちゃって、全然後悔しなかったんですか？」

「ええ、これっぽっちも」

雛子にとって、家政婦の仕事はまさに天職だったという。

「私の奉仕で喜んでもらえると、本当に幸せな気持ちになるのよ。だから今日は、袴田家の皆さんがいないから、なんだか物足りないのよねぇ」

物憂い表情でそう言うと、雛子はおねだりをする少女のように小首を傾げた。

「ねえ、もし良かったら……今日だけ緒方くんに奉仕させてくれる？」

「ええっ、ぼ、僕に奉仕ですか？」

純一はドキッとする。やりたい盛りの年頃ゆえ、つい淫らな想像をしてしまったのだ。湧き上がる妄想を、純一は慌てて振り払った。違う違う、市原さんが言っているのは、そういう意味の奉仕じゃないだろ。

「はあ、まあ、僕で良かったら……ど、どうぞ」

「ほんとに？　うふふっ、ありがとう。じゃあ、今から緒方くんはご主人様ね」

そこから雛子は、〝緒方くん〟という呼び方を変えた。

「純一さま——食後のデザートがありますけど、飲み物はコーヒーでいいですか？　それとも紅茶か緑茶にします？」

その口調も途端に恭《うやうや》しくなって、純一はドキドキする。まるで自分も名家の一員になったような気分になった。「あ……じゃ、じゃあ、コーヒーを」

夕食の後に、手作りのチョコレートケーキを頂いた。

すべて食べ終え、純一がのんびりとコーヒーをすすっていると、またも雛子が尋ねてくる。「純一さま、お風呂は何時頃に？」

「えっと、そうですね……じゃあ十時くらいに入らせてもらっていいですか？」

「かしこまりました。では、その時間に沸かしておきます」

彼女にとってはごっこ遊びではないらしく、本物の奉仕として、礼儀正しく純一に頭を下げてくる。

そして——さらにとんでもないことを言ってきた。

「よろしければ、お背中をお流ししましょうか？」

「えっ、い、いや、結構です」

純一は取り乱しながら首を振った。それに対して雛子は「そうですか」とだけ言い、にこやかに微笑んだ。

思わず断ってしまったものの、その後、離れに戻ってから純一は少々後悔した。もし断らなかったら、彼女も一緒に風呂に入ったのだろうか？　全裸の彼女の、あの大きな胸が露わになったさまを想像する。洗ってもらえるのは背中だけではなかったかもしれない。

（いや……からかわれただけだったんじゃないかな）

あのとき、もし「お願いします」と言っていたら、雛子はケラケラと笑いだし、「やだ、冗談に決まってるじゃない」と言ったかもしれない。

もしそうだったら——想像するだけで恥ずかしさに顔面が熱くなった。

（やっぱり断って正解だったか。いや、でも……）

堂々巡りの思考が延々と続く。母屋で風呂に入っている間も、離れに戻って寝室に布団を敷いているときも、そんなことを考えて悶々とし続けた。

もしかしたら雛子から淫らな奉仕を受けられたのかも。そう思うと、ムラムラするよりも、チャンスをドブに捨ててしまった悔しさが勝って、オナニーをする気にもなれなかった。

いつしか夜の十一時。普段ならまだ起きている時間だが、明日も一限から授業がある。少し早いがもう寝てしまおうかと考えた。

そのとき、呼び鈴が鳴る。

玄関に出て、戸を開けると、そこにはパジャマ姿の雛子がいた。

彼女も風呂を済ませたのだろう。石鹸の香りを漂わせ、肌はほんのりとした桜色に火照っている。

未だ純一は〝ご主人様〟らしく、それが彼女の折り目正しい立ち姿に表れていた。

真っ直ぐに純一を見つめ、彼女は言った。

「今夜の最後のご奉仕に参りました」

3

「さ、最後のご奉仕、ですか？」

戸惑いながら純一が尋ねると、雛子は平然と答える。

「はい、夜伽《よとぎ》をさせていただきます」

夜伽という言葉は、テレビの時代劇などで聞いたことがあった。要するにセックスの相手をしてくれるということである。

純一は啞然とし、ぽかんと口を開けた。それを見て、雛子はクスッと笑った。

「射精をなさってすっきりしたら、気持ち良く眠れますでしょう?」

「それは、まあ……い、いや、でも」

言いかけて、純一はハッと口をつぐむ。今、また遠慮しようとしていた。

背中を流してもらうのを断って、あんなに後悔したというのに、また同じことを繰り返そうとしていた。

「ぼ……僕のこと、からかってるんじゃないですよね? 家政婦さんって、そんなことまでするんですか?」

「ええ、普通の家政婦はしないと思いますよ。でも私はご奉仕が大好きなので、求められれば喜んでお相手いたします」

ただ、これまでに美冬の義父や、義妹の婿に夜伽をしたことはないという。片や愛妻家、片や恐妻家で、家政婦に手を出すつもりはまったくないらしい。

「私、料理だけでなく、寝床で男の方を悦《よろこ》ばせることにも少々自信があるんです。どうされますか？」

言葉遣いも姿勢も慇懃《いんぎん》でありながら、ほんのちょっと首を傾げたその仕草――それがなんとも蠱惑的《こわくてき》で、純一は思わず胸を高鳴らせる。彼女のことをこれほど艶めかしく感じたのは初めてだった。

この誘いを断れば、間違いなく後悔するだろう。

「えっと、じゃあ……お、お願いします」

「はい。かしこまりました」

純一は、六畳の寝室へ雛子を案内した。すでに布団は敷いてあり、雛子は掛け布団をたたんで隅にずらした。

「では純一さま、脱がせて差し上げます」

雛子が、丁寧な手つきでTシャツとスウェットを脱がせてくれる。ひざまずいた彼女にボクサーパンツもずり下ろされた。

女性に衣服を脱がせてもらうという体験に、純一はなんともいえぬ優越感を覚える。露わになったペニスは、すでに充血を始めていた。

だが、まだせいぜい三分勃《さんぶだ》ちといったところ。すると雛子がそっと触れてくる。

こうべを垂れたイチモツに指先が触れた瞬間、スイッチが入ったみたいにムクムクと膨らみだし、瞬く間に血管が浮き出るほど怒張した。

「まあ、なんて逞しいんでしょう。大きさも形も、とっても素敵なオチ×ポですね」

雛子は瞳を輝かせると、純一の右隣に寄り添うように立ち、天を衝《つ》く勢いの若勃起を手筒で包んで、そっとしごき始めた。

雛子の掌《てのひら》はとても柔らかかった。最初は少しひんやりしていたが、ペニスの熱ですぐに温まっていく。その握り方も擦り方も、男の純一よりコツを心得ていて、ただの手コキが驚くほどに気持ちいい。

(自信があるって言っていただけあって、ほんとに上手だ……)

さらに雛子は、純一の胸元に顔を寄せ、乳首を舐めたり吸ったりしてきた。軽く前歯で挟まれると、ゾクッとするような妖しい快美感が込み上げてくる。

「お、おうっ」

「うふふ、オチ×ポの先からお汁が溢れてきましたよ」

再び雛子はひざまずき、早くもカウパー腺液を滴《した》らせた亀頭をペロリと舐めた。

さらに亀頭の隅々まで舌を這わせると、リンゴ飴のようにツヤツヤになったそれをパクッと咥《くわ》える。肉厚の朱唇で幹を締めつけ、緩やかに首を振り始めた。

（おおお、フェラチオだ……！）

美冬とセックスしたときは、勇気がなくてお願いできなかった。純一にとって、これがフェラチオの初体験である。

温かくヌメヌメした舌が亀頭や裏筋に絡みつき、心地良い弾力《だんりょく》の唇が雁首を擦ってくる。ねっとりとした唾液のおかげで、朱唇が固く締まっていても、その摩擦感は実になめらかだった。

「くうう、す、凄く気持ちいいです」

そして快感もさることながら、己《おのれ》の排泄器が、女の可憐な唇に出たり入ったりするさまは、セックス以上の背徳感をもたらす。ＡＶなどの映像を観ているだけでは決して得られぬ興奮である。

「んん？　んふふ、うむ、んむ、ちゅぼ、むぼっ」

上目遣いの雛子が、嬉しそうに目を細めた。鼻から漏れた彼女の熱い息が、純一の陰毛を軽やかにくすぐる。

ポニーテールを跳ね上げて、雛子は口奉仕をじわじわと励ましていった。加速する首振りに加え、舐め回してくる舌もまるで別の生き物のように躍動し、純一はみるみる射精感を募らせていく。

「市原さん、イッちゃいそうです。いいですか……？」

奉仕が生き甲斐という雛子なら、きっと口内射精もOKだろうと純一は思った。

だが、次の瞬間——卒然《そつぜん》と雛子の口奉仕は止まってしまう。

彼女はゆっくりと首を引き、今にも限界を超えようとしていたペニスを口内から吐き出したのだった。

（……え？）

戸惑いと失意が、頭の中で渦巻いた。どうして？　いくら奉仕でも、口内射精はNGなのか？　気持ちが顔に表れてしまうのを、純一は禁じ得ない。

すると雛子は、ちょっとだけ悪戯っぽく微笑み、パジャマの胸元に両手をあてがった。

「私、お口だけでなく、これを使ってオチ×ポをお慰めするのも得意なんですけど、お試しになりますか？　それとも、このままお口で射精されます？」

彼女は胸元の大きな膨らみを寄せ集め、持ち上げて、純一の目を挑発するようにユサユサと揺らす。二つの丘の頂上には、確かな突起が浮き出ていた。どうやらブラジャーはつけていないらしい。

純一はまばたきもせずにそれを眺め、ゴクッと唾《つば》を飲み込んだ。

乳房でペニスを気持ち良くするといえば、ズバリ、パイズリだろう。

それもまた、フェラチオに並ぶ男の夢だ。しかもフェラチオと違い、パイズリは誰にでもできることではなく、ある程度のバストサイズがないと難しいプレイである。

「市原さん……オッパイは何カップですか？」

「雛子とお呼びください。Hカップです」

Hカップ！　想像以上の巨乳、いや爆乳だった。それだけの大きさの膨らみでパイズリしてもらえる機会は、もう二度とないかもしれない。

悩んだ挙げ句、純一はパイズリを所望した。

「かしこまりました」と言い、いよいよ雛子もパジャマを脱ぐ。

ボタンが外され、パジャマの前がはらりと開けば、左右の乳肉の見事な膨らみと、その真ん中に刻まれた深い谷間が露わとなった。

（おおっ）

雛子は、純一の視線を厭《いと》うことなくパジャマの上も下も脱いで、淡いパープルのパンティのみとなる。

ぽっちゃり気味の女体は、肩も、脇腹も、太腿も、どこの肉もムチムチと張りがあった。同じ豊満ボディでも、しんなりとした美冬の熟れ肉とはそこが違った。

大迫力の爆乳は、充分に育ったメロンに匹敵する大きさだが、それでもなんとか重力に逆らい、ブラジャーの支えがなくともしっかりとした丸みを帯びている。その頂点を彩る乳首は、鮮やかなピンク色だった。

「それでは純一さま、布団に仰向けになってください」

「あ、はい」

雛子に促されて仰臥《ぎょうが》し、股を広げると、雛子はその股ぐらの前に端座する。

その状態で純一が腰を浮かせると、腰と敷き布団の間に雛子が両膝を潜り込ませてくる。

雛子の太腿に純一の尻が載っかり、彼女の緩やかなウエストのくびれを純一が股で挟む体勢となった。これが一番パイズリをしやすい格好なのだという。

下腹に張りついた屹立を握り起こし、雛子はそれを双乳の狭間に収めた。そして左右から鷲づかみにした肉房で、ムニュッムニュッと圧迫してくる。

柔らかさのなかに確かな弾力を秘めた乳肉によって、ペニスは心地良く包み込まれ、サンドイッチ状態にされた。

「ああ……オッパイの柔らかさをチ×ポで感じると、こんなふうなんですね……」

うっとりと純一が呟くと、雛子は「んふふ」と頬をほころばせ、ゆっくりと双乳を上下に揺らし始める。

純一にとって、パイズリ初体験の感動はとても大きかった。

が、肉体的な愉悦はというと、正直、期待したほどではなかった。手コキより少し上という程度である。

（これならフェラチオで口内射精させてもらった方が良かったかも……）

少しばかり後悔する。しかし純一は、本当のパイズリの快感をまだ知らなかった。

無言で乳房を上下させていた雛子が、唇を尖らせたままそっと口を開く。途端に透明な液体が溢れ出した。口の中でずっと唾液を溜めていたのだ。

とろみを帯びた液体が、トロトロと双乳の谷間へ。そこからにょっきりと顔を出していたペニスの先端にもたっぷりと注《そそ》がれていく。

「んふっ……さあ、これからが本番ですよ」

その宣言どおり、本格的な乳摩擦が始まった。さっきまでとは比べものにならぬ勢いで、雛子は肉房を上下に躍らせ、ペニスに擦りつけてきた。

「うわっ……ああ、す、凄いです……！」

湧き上がる快感に、純一は声を震わせる。唾液という潤滑剤《じゅんかつざい》を得たことで、乳房の躍動がどんなに激しくなっても、摩擦感はこれまで以上になめらかだった。

そしてねっとりと濡れた乳肌は、肉棒の隅々に吸いついて、パイズリの悦をますます甘美なものにした。ヌッチャヌッチャ、グッチョグッチョと、泥濘《でいねい》を掻き混ぜるような卑猥《ひわい》な音も、純一の官能を大いに煽《あお》り立てた。

口淫で射精寸前まで高まっていたペニスは、あっという間に我慢できなくなる。

「ひ、雛子さん……あ、あ、もう出ちゃいますっ」

「いいですよ。いつでもどうぞ。あむっ」

雛子は身をかがめ、双乳の合わせ目から飛び出しているイチモツの先端を口に含んだ。左右の乳房を交互に上下させ、ペニスを揉みくちゃにしつつ、ピクピクと震えて今にも破裂しそうな亀頭に舌の表面をなすりつけまくった。

「き、気持ち良すぎる……あぁ、あっ……ウグーッ!!」

純一は腰を跳ね上げ、荒々しく痙攣させて、多量の一番搾《しぼ》りを吐き出した。

その間、雛子はしっかりと亀頭を咥え続け、一滴のザーメンもこぼさずに、喉を鳴らして次々と飲み下していく。

すべて絞り尽くした純一が溜め息と共に脱力すると、雛子は窄めた唇から上品にペニスを吐き出し、スッと上半身を起こした。

「ごちそうさまでした。うふふっ、純一さまの精液、とっても美味しかったです」

口調は丁寧ながら、その言葉に乗って刺激的なザーメン臭が漂ってくる。

そして雛子は、背筋を正した居住まいから礼儀正しく頭を下げるのだった。

4

初フェラから初パイズリ。さらに諦めていた口内射精も果たし、しかも初ゴックンまで――

その興奮で、射精が終わってもペニスは一向に萎えぬままだった。野太い血管を幹に浮かべ、早く新たな快感をと、駄々をこねるように忙しく脈動し続けていた。

(これで終わりってことはないよな……？)

純一が期待を込めた眼差しを送れば、それだけで雛子は理解してくれる。

「次はセックスですね？　はい、かしこまりました」

さすが名家の優秀な家政婦、話が早いと、純一は喜んだ。

しかし雛子はこう続け、純一をギョッとさせるのだった。

「存分に射精をして、すっきりなさってください。そうすれば、美冬さまへの想いも勘違いだったとおわかりになるはずです」

「えっ？」

純一は驚き、耳を疑い、頭の中が真っ白になる。

しばらくしてから、ようやくこう尋ねることができた。

「な……なんで、そのことを知っているんですか？」

「美冬さまからご相談を受けたのです」と、雛子は口元だけ笑って答えた。

純一はまだ混乱していたが、雛子は構わずに話を続ける。

「お若い純一さまに、性欲と愛情を分けて考えるのは難しいでしょう。けれど、それで立場のある女性を困らせてはいけませんよ？」

「そんな、僕は別に、美冬さんを困らせるつもりは……。み、美冬さんは、僕のことを迷惑に思っているんですか？」

「そういうわけではありません」と、雛子は言った。「美冬さまは、純一さまのことをとても可愛く思ってらっしゃるようですから。ただ、勘違いをした純一さまに迫られて困っているのは確かです」

それを聞いて、純一は少しだけほっとした。が、自分のせいでそんなに美冬を悩ませていたのかと、複雑な気持ちは晴れない。

それに加えて、雛子の言葉がさらに純一の心を逆なでする。

「だからもう、美冬さまのことは諦めてください。セックスをなさりたいなら、私がいくらでもお相手いたしますから」

言い方は丁寧だが——いや、だからこそか、なんだか馬鹿にされているような気がしてならなかった。純一はムッとして反論する。

「僕は美冬さんとセックスをしたいだけじゃない。美冬さんのことが好きなんです。それを諦めなきゃいけないなら、これ以上、雛子さんに奉仕してもらえなくても結構です」

ペニスは未だ隆々と反り返ったまま。それでも、その言葉は純一の本心だった。

無論、せっかく雛子とセックスできるというのに、そのチャンスを捨ててしまって、惜しくないと言えば嘘になる。だが、美冬に童貞を捧げたあの日の感動が未だこの胸に残っているから、純一は己の恋心を貫《つらぬ》くことができた。

すると雛子は、目を丸くして固まってしまう。断られると思っていなかったのか、あっけに取られている様子である。

(これ以上、話し合っても無駄だ)

純一は起き上がって、パイズリ態勢から抜け出そうとした。

しかし次の瞬間、雛子が素早く動いて、純一に覆い被《かぶ》さってくる。格闘技でいうところのマウントポジションを取られ、上から爆乳で顔面を圧迫された。うわっと声を上げる間もなかった。

軽い窒息感と共に、乳肉の圧倒的なボリュームを顔いっぱいに感じる。

胸の谷間に籠《こ》もった甘ったるい体臭には、鼻の奥をツンとさせる仄《ほの》かな刺激も含まれていて、その艶めかしい媚香《びこう》が、純一の理性を麻痺させようとするのだった。

(ああ、なんていい匂いだ……)

思わず流されてしまいそうになるが、純一は心を強く持って、爆乳を押しのける。

「ちょっ……なにするんですかっ」

すると雛子は従順な家政婦の仮面を半分だけ外し、からかいの笑みを浮かべた。

「ふふふっ、純一さま、かっこつけても駄目ですよ。いつも私のオッパイをチラチラとご覧になってますよね?」

バレていたのかと、純一は羞恥《しゅうち》に顔を熱くする。

「う……確かに見てましたけど……でも、しょうがないじゃないですか。こんな凄いオッパイ、見ちゃいますよ、男なら……」

しかし、それこそただの性欲で、美冬への恋心とはまったく別のものだ。

「では、美冬さまへの想いは本物で、あくまでそれを貫くというのですね。ふふん、私とのセックスの気持ち良さを知っても、まだそんなことがおっしゃられるのか、試してみましょう」

雛子はそう言うや、馬乗り状態から腰を持ち上げる。いったん立ち上がって、ムチムチの太腿にパンティを滑らせると、左右の足を素早く引き抜いた。

露わになった股間の草叢《くさむら》は、濃くもなく薄くもなく、自然な雰囲気で女の秘部を彩っていた。それを堂々と見せつけるように股を広げ、蹲踞《そんきょ》の姿勢を取ると、雛子はイチモツを握り起こして、己のスリットの深みにあてがう。

ズブズブッと挿入が始まり、ペニスは濡れた膣肉に包まれていった。

「あううっ……！」

「ああん、大きい、太いっ」

どうやらふしだらな家政婦は、肉棒にパイズリ奉仕をしたことですっかり興奮していたようだ。熱く火照った膣内は充分に潤っていて、彼女は難なく幹の根元まで一気に呑み込んでしまう。

豊臀《ほうでん》が純一の太腿に着座し、亀頭が膣底をズンッと抉《えぐ》ると、雛子は「おほおっ」とはしたない声を上げて仰け反った。

しかしそれも一瞬のことで、すぐさま彼女は腰を上下に振り始める。緩やかな抽送はどんどん勢いを増し、肉厚なヒップが太腿に当たるたびに、まるで餅つきのような音がペッタンペッタンと鳴り響いた。

「んっ、くうっ、純一さまのオチ×ポ、すっごく硬い。まるで、ああん、鉄みたいです……はっ、ううぅ」

鉤状《かぎじょう》に反ったペニスの先端が、膣壺の中の急所を引っ掻くように擦って、それが大層に気持ちいいのだとか。

同じようなことを美冬も言っていた。やはりこのイチモツは、なかなかの逸品らしい。雛子の童顔が肉悦に蕩けていくのを見て、純一は確信する。

ただ純一の方も、彼女の膣穴の嵌め心地に、射精したばかりの余裕をみるみる失っていった。

(美冬さんのオマ×コとは、また違う気持ち良さだ……)

美冬の膣壁は、その柔らかさで優しくペニスを包み込んできたが、こちらはそこまで柔軟性に富んでいるわけではない。

その代わり、弾力性が素晴らしかった。プリプリとした膣肉の感触が実に心地良い。豊満な体つきと同様に、きっと膣壁も肉厚なのだろう。膣路は狭く、ペニスを締めつけてくる力もかなりの強さだ。

抽送が始まってからまだ一、二分しか経っていないが、早くも尿道が熱くなり、先走り汁が溢れ出す。

（あっという間に二発目を搾り取られそうだ……）

彼女の股間の花弁は、割れ目から優にはみ出すほどの大振りで、豊臀が勢いよく着座するたび、心地良い弾力で純一の恥骨を受け止めてくれた。

純一は奥歯を噛み、高まる性感に耐えようとする。だが、雛子はそれを許さない。

「どうしましたか、そんな顔をされて。私のオマ×コ、気持ち良くないですか？」

薄笑いを浮かべると、彼女は純一の胸板に載せていた手で、乳首をキュッとつまんできた。妖しい愉悦が静電気のように弾けて、純一は我慢が利《き》かなくなり、たまらずに「ウウッ」と身悶えしてしまう。

すると雛子は満足そうに目を細めた。

「ほーら、やっぱり気持ちいいんでしょう。うふふっ、さあ、出したくなったら、いつでも出してくださって結構ですよ」

「ああっ……ちょっと、や、やめっ……うおぉ」

執拗に乳首をいじられ、蜜肉の狭穴でペニスをしごかれまくる。もはや奉仕を受けているというよりも、こちらの方が弄《もてあそ》ばれている気分だった。

それも悪くはなかったが、このままやられっぱなしというのも情けない。

反撃として、純一も雛子の爆乳に手を伸ばした。今、自分がやられているように、彼女のピンクの突起をこねて、つまんで、ひねって、引っ張る。

「やぁん、私がご奉仕しているんですから、純一さまはなにもしないでいいのに。でも、気持ちいいですぅ」

タップンタップンと躍る、巨大な二つの肉房。

雛子が感じるれば感じるほど、逆ピストン運動は熱を帯び、壺口の膣圧もより強力になった。皮肉にもペニスの性感はますます高まり、純一は悲鳴を上げる。

「くっ……ううぅっ……雛子さん、そんなに激しくされたら……！」

「うふぅん、イッちゃいます？　どうぞ、私のオマ×コに思う存分、先ほどのようなドロッドロの精液を注ぎ込んでくださいませ」

すると言葉とは裏腹に、雛子の手が乳首から離れた。

え？　と、純一が戸惑うなか、彼女の左右の手は、次なる場所を責め立てる。

それは純一の脇腹だった。五本の指を蠢かせて、コチョコチョとくすぐってきたのだ。純一は奇声を上げ、身をよじって悶え狂う。肉悦と同時にくすぐったさを味わわされるなど、初めてのことだった。身体に力が入らなくて、高まる射精感にまったく抑えが利かなくなった。

「はひぃ、ほんと、やめてくださ……あぁっ、で、出る、うぐーっ‼」

ほんの五分程度の抽送で、純一はあっけなく達してしまった。

「はぅん、純一さまの精液が、物凄い勢いで一番奥に当たってます。ビューッ、ビューって……あぁぁ、熱い、火傷《やけど》しちゃいそう」

軽微なアクメにでも見舞われたのか、雛子はピクピクと震えながら、半《なか》ば白目を剝いたアへ顔で、うっとりと虚空に視線を彷徨《さまよ》わせる。

やがて射精の発作が治まった純一は、首を持ち上げて雛子を睨んだ。

「ず、ずるいです……あんなの……」

「でも、気持ち良かったですよね？　くすぐったさと快感は紙一重なんですよ」

うふふと愉しげに笑う雛子。今の彼女は、もはや従順な召使いではない。まるで悪戯好きの淫らなメイドが、未熟な少年をからかいつつ、性の手ほどきをしているかのよう。

雛子は結合を解《と》き、後退して、純一の股ぐらにうずくまった。二度の射精で若干うなだれたペニスへ口元を寄せると、ペロリ、ペロリと舐め始める。

（お掃除フェラってやつか……？）

青臭い白濁液も、己の牝汁も厭《いと》うことなく、ねんごろに舐め清めていく。

しかし彼女の舌は、やがて〝お掃除〟の範疇《はんちゅう》を超えて裏筋を熱心に舐め擦り、陰嚢《いんのう》を片方ずつ咥えては睾丸を舐め転がした。

そのうえ、なんと指先で肛門をくすぐってくる。

「ちょっと……ま、またそういうことをっ」

「大丈夫ですよ。指を入れたりはしませんから。ほら、気持ちいいでしょう？」

彼女の指先にコチョコチョされると、確かにくすぐったさの中に妖しくも奇妙な心地良さを感じた。するとペニスは勃起を回復するどころか、二度の射精などなかったかのように猛々《たけだけ》しく怒張し、ジンジンと疼くほどになる。

「まあまあ、またこんなに元気になって……。うふふ、こんなオチ×ポのままでは、とても眠れませんよね？」

わざとらしい台詞で、雛子は、助平女の本性も露わに微笑んだ。

「それでは今度は純一さまが、私のオマ×コを責めてくださいませ」

そう言うと、仰向けになって股を広げる。自らの指で割れ目を開帳し、白濁する粘液でグチョグチョになった媚肉を晒した。

大輪の肉の花弁は厚ぼったく膨らみ、勃起したクリトリスは先ほどのピストンの衝撃で包皮からすっかり飛び出していた。

「オチ×ポを入れる穴はわかりますよね。ここです。ここにどうぞ」

自身の指を膣穴に差し込み、ヌチャヌチャと出し入れする雛子。

指を引き抜くと、口を開けたままの膣穴からドロリとザーメンが溢れる。その有様は、思わず目が離せなくなるほどの卑猥な春画で、純一の獣欲は激しく昂ぶった。

純一は女体に覆い被さり、女陰の深みへ、新たなカウパー腺液を滴らせている鈴口をあてがう。膣口を捉えるや否や、勢い込んで挿入した。両腕を布団に突っ張って前のめりになり、獲物に食いつく肉食獣の如き体勢で荒々しく腰を振りだす。

「ああん、激しい……！　その腰使い、とってもいいです」

美冬とのセックスで、純一はそれなりにピストンのコツをつかんでいた。大きなストロークでダイナミックに嵌め腰を轟かせる。

純一のペニスはすでに充分、肉壺に馴染んでいたのだろう。少々乱暴に膣内を引っ掻き回しても、雛子に痛みはなさそうだった。

むしろ膣底に亀頭をズンズンと打ち込むと、雛子はアヘ顔で相好《そうごう》を崩し、ますます艶めかしく身をよじる。

「はひぃん、奥に……すっごく響く。ジンジン、ビリビリ、痺れちゃいますぅ」

「奥って……そんなに気持ちいいんですか？」

確か美冬も、純一のペニスが膣壺の最深部を刺突すると、あられもなく乱れまくっていた。その部分に女の急所があるのだろうと、純一は察した。

それは〝ポルチオ〟という性感帯なのだと、雛子が教えてくれる。

膣路の終点、子宮の入り口の近くに、女を最も蕩けさせ、狂わせる性感ポイントがあるのだそうだ。膣内の性感帯といえば、その他にもＧスポットが有名だが、雛子はポルチオの方が好みだという。

「奥を……じゃあ、こんな感じですか？」

純一はポルチオ責めを意識し、小刻みなピストンで膣底を連続ノックした。

「ああーっ、そうです、そこ……ああん、気持ち良くて溶けちゃいそう、あうぅん」

雛子は媚声を大きくし、ウネウネと身悶える。仰向けになった爆乳は、さすがに重力の影響を受けて少々広がっていたが、それが迫力いっぱいに右に左に乱舞する。

（雛子さん、凄く感じてる。これなら、今度はイカせられるんじゃないか？）

自分が絶頂するのと同じくらい、相手を絶頂させることは気持ちいい。美冬とのセックスで、純一はそのことを知った。

ピストンにさらに熱を込め、女の泣きどころを叩き続ける。愛液の量が増え、淫らな抽送音はますます激しくなり、甘酸っぱい牝の性臭が六畳間を満たしていく。

雛子の肉穴の嵌め心地は、相変わらずの垂涎《すいぜん》ものだったが、さすがに二度も射精をしていれば、今度はまずまず長持ちしそう――

しかし、その考えは甘かった。

艶めかしく身をよじっていた雛子が、不意にこんなことを言ってくる。

「あはぁん、私だって……うふふっ、このオマ×コ、こうするともっと気持ち良くなるんですよ？」

雛子は左右の膝を立て、「ふんっ」と勢いよく腰を持ち上げた。両肩を布団につけたまま、背中と腰を仰け反らせてブリッジに近い格好となり、グッと力感をみなぎらせる。

するとその勢いに合わせて、彼女の膣穴がギューッと締まってきたのだ。これまで以上の強烈な膣圧に、純一はたちまち度を失う。

「おうっ……な、なんですかこれ……!?」

雛子は得意げに答えた。「私、この体勢が、一番お股に力が入るんです」

ただ、ずっと力を入れていることは難しいらしく、しばらくすると彼女の腰が下がって、締めつけも元に戻った。

しかし、少し休んで、雛子はまた背中を弓なりにする。それを何度も繰り返してくる。そのたびにペニスはまるで食いちぎられそうになり、純一は悲鳴を禁じ得なかった。

「ぐうぅ、し、締まるウゥ……はぁ、はひぃ、ちょっと雛子さん、それ……あっ、クウウーッ」

余裕があると思っていたのに、またしても射精感がどんどん募《つの》っていく。まずいと思っても止められない。腰が勝手にピストンを続ける。あまりの気持ち良さに理性が薄れ、身体がこの激悦を求めてしまう。

「うふっ、ふふふっ、純一さま、とっても気持ち良さそうですねぇ」

快感に囚われた純一を見ながら、雛子は満足そうに唇の端を吊り上げた。

奉仕で人を喜ばせたいという彼女の思いが、女泣かせのペニスによる快感で暴走しているのかもしれない。とろんとした垂れ目に爛々《らんらん》と情火を輝かせ、額に玉の汗を浮かべながら、雛子は延々とブリッジを繰り返す。

「イッちゃいそうですかぁ？　どうぞご遠慮なく、いっぱいザーメン、ああん、オマ×コに、ドピュドピュして、ぶちまけなさってください……！」

「うっ、ああっ……だ、駄目だ、もう……」

力の限り肛門を締め上げても、抗《あらが》いようもなく込み上げてくる射精感。純一の頭の中は真っ白に染まっていく。堪《こら》えられなくなる——

だが、すんでのところで純一は思い出した。雛子は純一の想いを否定したのだ。美冬への恋心を性欲だと決めつけたのだ。そんな彼女に負けるわけにはいかない。

(今度は……今度こそ、先に雛子さんをイカせるんだ)

その思いに身体が応えてくれたのか、ほんのわずかだが射精感の荒波が鎮《しず》まる。

ここぞとばかりに純一は、雛子の太腿を片手で強く抱え込み、まずはブリッジを封じた。そしてもう片方の手では、濡れ肉の割れ目で息づいているクリトリスに親指を当てる。

パンパンに張り詰めた剝き身のそれを、親指の腹でグッと押し潰した。

「ハウウッ……！　じゅ、純一さま……ああん、いけません、クリをそんなに……あ、あっ、ヒイイッ」

今度は雛子が悲鳴を上げるが、無論、純一は容赦なく親指に力を込め、すり潰すように撫で回しては、猛烈にプッシュしまくる。

そして嵌め腰にラストスパートをかけた。今にも決壊しそうな前立腺がズキズキと疼いているが、純一は歯を食い縛って肉楔《にくくさび》を打ち込み、女体の深奥を抉り続けた。

「おほっ、おおおっ……す、凄ひぃ……オマ×コも、クリも、こんなに気持ちいいの、ヒッ、久しぶりですウゥ」

内と外からの同時攻撃に雛子は悶え狂う。白い歯を剥き出し、眉間に深く皺を刻んだその表情には、もはや奉仕の心は感じられない。今や雛子は肉の愉悦に我を忘れ、一匹の発情した牝《めす》と化したようだ。

「あぁ……ダメ、ダメえぇ、もうイッちゃう！　ウウーッ！」

断末魔の悲鳴を上げた雛子に、純一は声を荒らげて叫ぶ。

「いっ……いいですよ、雛子さん、さあ、イッちゃえ、イケーッ！」

純一自身も本当に限界ギリギリだった。あとほんの十秒程度も我慢できない感覚に苛《さいな》まれながら、祈るような気持ちで彼女に命じた。

その言葉が、この土壇場で雛子の奉仕の魂を呼び戻したのか。彼女はハッと目を見開き、歓びに溢れた顔で大きく頷くと、自身に与えられた命令に従った。

「ああっ……純一さま、私、イク、イキます、イグウウーッ!!」

中イキと外イキのダブル絶頂に、雛子はガクガクと腰を震わせる。

そのときには純一も射精感の頂点に達し、脈打つペニスの先から熱い樹液を噴き出していた。

「うおおッ……クウーッ!!　あ、ああぁ、おおおうっ……！」

さすがに三度目の放精ともなると、多少はザーメンの量も減っていた。それでも我慢に我慢を重ねたせいか、絶頂の愉悦はこれまで以上だった。

いわずもがな、雛子を昇天させた喜びも加わっている。絶頂の瞬間、意識が半ば飛びかけていて、いったいどちらが先に達していたか、今となってはわからない。

（まあ、イカせたことはイカせたんだから、どっちが先でもいいや……）

緊張の糸がプツンと切れて、純一は心地良い脱力感に身を委ねる。

ムチムチと肉づいた汗だくの女体に倒れ込み、その弾力と、吸いつくような密着感と、熱気を孕《はら》んだ甘酸っぱい体臭にうっとりした。

5

やがて呼吸が落ち着いてくると、純一は寝心地のいい女体のベッドから起き上がった。それでもすぐには立てず、ごろんと彼女の横に仰向けで倒れる。

と、雛子が身体を起こして、のろのろと純一の股間に這い寄ってきた。今度は本当にお掃除フェラをしてくれるという。が、彼女の巧《たく》みな舌技を受けると、たとえお掃除フェラでも、やっぱりまた勃《た》ってしまうかもしれないので、純一は遠慮した。精力はまだ若干残っているが、さすがに体力的に辛い。疲れた。

雛子は残念そうな顔をしつつ、舐め清める代わりに、白蜜まみれのペニスをティッシュで丁寧に拭ってくれる。

「ごめんなさいね、純一くん。最後はなんだか……私も夢中になっちゃって、全然ご奉仕できてなかったわ」

夜伽の行為が終わると、雛子の口調はいつもどおりに戻った。ただ、以前は〝緒方くん〟だったのが、今は名前で呼んでくれるようになっていた。

「いいんですよ」と、純一は笑う。「雛子さんのアソコ、物凄く気持ち良かったですから。僕もどうにかなっちゃいそうでした」

「純一くんのオチ×ポも気持ち良かったわよ」雛子も、うふふっと笑った。「あのね、私のオマ×コって、いろんな人から名器だって言われていて、私自身もちょっと自慢だったの」

ただ、その代わり、男の方だけあっさり果ててしまい、雛子自身が絶頂できないまま終わってしまうことも少なくないのだとか。

「私はご奉仕が好きだから、それでも別に構わないいんだけど……でも自分もイケたら、そりゃあやっぱりその方が嬉しいわ。だから、ありがとうね」

ペニスを綺麗に清め終わった雛子は、あぐらのような格好で座っていた純一にそっと擦り寄ってきた。肩を触れ合わせ、耳元で囁いてくる。

「純一くんさえ良かったら、これからも……どう？」

あの強烈なセックスができるのなら、純一としても実に嬉しい申し出だ。

しかし、純一は首を横に振る。

「そうしたいですけど、でも、やっぱり僕の美冬さんへの気持ちは変わりませんよ」

きっぱりそう告げると、雛子もようやくわかってくれた。

「そう……。うん、純一くんの気持ちがただの性欲じゃないのはわかったわ。ごめんなさいね、勝手に決めつけちゃって」

「いえ、わかってもらえたなら、もういいんです」

「じゃあさ、純一くんの気持ちを理解したうえで質問するけど、純一くんは美冬さまと将来結婚したいと思ってる？」

「えっ……け、結婚ですか？　いや、そこまでは考えてませんけど……」

すると雛子は、メッと幼子を叱るみたいに鼻先をつついてきた。

「考えなきゃ駄目よ。三十半ばの女性と恋人同士になりたいと思っているのなら」

ましてや美冬は未亡人。もし彼女が純一と結婚するなら、普通に考えて、袴田家から籍を抜くことになる。

しかし美冬の義父母は、どうやら美冬の娘の藍梨に袴田家を継がせたいらしい。美冬と一緒に藍梨まで袴田家から出ていってしまうと、彼らはとても困る。だから藍梨が袴田家に残るよう、いろいろと手を尽くすだろう。藍梨を、義父母か義妹夫婦の養子にする――ということもあるかもしれない。

「そうなったら、孝太郎さまと藍梨さまは離ればなれよ。あのお兄ちゃん大好きな藍梨さまがどれだけ悲しまれるか……純一くんにもわかるわよね？」

「……はい」

仮に美冬が、藍梨を養子に出すのを断固断ったとしても――その場合、藍梨は袴田家を継げなくなる。藍梨が袴田家を継ぎたいと思っているかはわからないが、それでも純一のせいで、彼女の人生が大きく変わってしまうことは確かだ。

それでもいいの？　と、雛子は問うてきた。

答えられない純一に、彼女はこう続ける。「私としては、結婚しないという選択もあると思うの。ただ、美冬さまはまだお若いんだから、再婚はともかく、愛し合えるパートナーは必要だと思うのよね。で、もし本当に愛し合っているなら、必ずしも結婚にこだわる必要はないんじゃないかしら。ね、どう思う？」

どう？　と言われても、純一にはわからなかった。純一はただ美冬のことが好きで、彼女と両思いになれたらいいと思っていただけなのだ。

（僕って子供なんだな……）

と、しょげてしまう。ただ、それはそれとして――

「雛子さんの言うことはわかりますけど、でも結婚以前に、そもそも美冬さんは僕のことを恋人にしてくれるでしょうか……？」

それが問題だった。

すると雛子は、すっかり柔らかくなったペニスに目をやり、ニヤッと笑う。「このオチ×ポなら大抵の女はメロメロになるわ」と、太鼓判を押してくれた。

だが、純一は首を傾げる。

（ほんとかな……？）

美冬とセックスをしたあの日から一週間ほど経ったが、彼女の態度が変わったようには全然見えなかった。

ただ、男と女がセックスをしたというのに、その後、態度がまったく変わらないというのも、純一には不自然に思えていた。それが大人というものなのだろうか。

（美冬さんは、僕のことをどう思っているんだろう？）

考えると、溜め息をつかずにはいられなくなる。すると、

「まあまあ、そう難しく考えないで。私で良ければ、純一くんのセックスの練習相手になってあげるわよ？」

雛子は淫らに微笑みつつ、二本の指で純一のペニスをいじってくるのだった。

第三章　高慢な旧家の人妻

1

美冬が純一に抱かれてから、十日余り経った。

それ以来、美冬は日に何度も彼のことを考えてしまう。

そして身体の奥を熱く火照らせるのだった。二度目の夫を亡くしてから二年ほど過ぎていたが、その間、すっかりなりを潜めていた性欲が、若勃起を受け入れたことで完全に復活していた。

いったん情欲が蘇ると、三十六歳の女盛りの身体は抑えられなくなる。また抱かれたい、逞《たくま》しいもので貫かれたいという願望に溢れ、美冬は久しぶりのオナニーに頼らざるを得なくなっていた。

そこへ雛子からの報告である。雛子は純一と話し合い、美冬への気持ちが真剣なのを確認したのだそうだ。

そのことがさらに年増の女心をときめかせる。若い男に想いを寄せられて、正直、悪い気はしなかった。その男が、以前から可愛く思っていた純一なら、なおさらである。

お互いの立場を考えれば、彼の想いを受け入れることはできない。しかし美冬の心は、少女の頃を思い出したかのように躍った。

そんなある日のこと。夕方過ぎに、雛子が純一の洗濯物を届けに行こうとしていた。美冬は雛子を呼び止め、「私が行ってくるわ」と用事を買って出た。

ランドリーバッグを持って、美冬は離れに向かう。玄関で洗濯物を純一に手渡し、それではと、母屋に戻ろうとした。

「待ってください……！」

純一が三和土《たたき》に下りてきて、美冬の手をつかんだ。

次の瞬間、彼に後ろから抱き締められる。

「ああ、いけません、純一さん」

自分に想いを寄せる男のところへ行き、二人っきりという状況になれば、こういうことになってもおかしくはない。わかっていたはずだ。だから、美冬はさほど取り乱さなかった。

「ごめんなさい、美冬さん」と、純一は謝る。しかし、抱き締める腕を緩めようとはしない。「でも信じてください。僕、本当に美冬さんのことが好きなんです」

ますますギュッと腕に力を込めてくる純一。

美冬の豊臀の谷間に、硬いものが押し当てられた。

「美冬さんを困らせたくない……。けど、こうして美冬さんに会うと、どうしてもこの間のことを思い出してしまって、たまらなくなるんです」

純一の声はなんとも悲痛だった。

（私が浅はかに身体を許してしまったせいで、こんなに純一さんを苦しめてしまったのね。私が責任を取らなければ……）

美冬は胸を痛めるが、しかし同時に淫らな感情も込み上げていた。美冬はそれに気づかないふりをし、純一にぼそりと尋ねる。

「お口でいいですか？」

「……え？」

「お口でしてあげます。それで我慢してくれますか？」

驚く純一の前で、美冬はしゃがみ込み、ドキドキしながら彼のズボンのファスナーを下ろした。

あっけに取られているのか、それともすでに状況を理解して、美冬のなすがままになっているのか——純一は真っ赤な顔でただ見下ろしているだけだった。

美冬はすでに充血しているペニスを、ズボンの中から引っ張り出す。美冬の指に触れたペニスは、ますます張り詰めて鎌首をもたげた。フル勃起のその逞しさに、美冬は密かな溜め息をこぼす。

(純一さんのオチ×チン……。ああん、凄くいやらしい匂い)

力強く脈打つ肉棒に鼻先を寄せ、濃厚な牡《おす》の性臭に興奮した。

衝動に駆られて亀頭を咥える。二人目の夫に口淫奉仕の技を仕込まれていた美冬は、牡肉で口内を満たされる感覚に懐かしさすら覚えた。いや、唇や舌で感じる若勃起の大きさ、硬さは、亡夫のそれを遥かに越えていた。

そして燃えるように熱い。これも若さゆえだろうか。

脳が沸騰し、理性が蕩けそうになりながら、美冬はペニスをしゃぶりだした。雁首を唇で擦り、亀頭を舐め回し、裏筋を舌先でなぞる。

「ああ、美冬さんが僕のチ×ポを美味しそうに……」

美味しそう？　自分では気づかなかったが、そんな表情をしていたようだ。美冬は顔をカーッと熱くする。

（ああ、私、玄関で、男性の性器を咥えている……）

そんなことは亡き夫にもしてあげたことがなかった。

倒錯した官能にますます淫気を昂ぶらせる美冬。今や舌が勝手に蠢いて、張り詰めた亀頭の隅々まで張りつき、ねっとりと舐め擦る。

牡肉の塩気は確かに美味で、たちまち唾液が溢れ出し、朱唇を固く締めていても、端の方からタラリ、タラリとこぼれていった。美冬はそれを手で拭いながら、啄木鳥《きつつき》のような首振りでチュパチュパと幹をしゃぶり続ける。

雁首《かりくび》を重点的にしごき立てると、純一は膝を震わせて音を上げた。

「あうう、も、もう、出ちゃいます……！」

出ちゃいますという言葉に、なぜだか母性本能がくすぐられる。お漏らししそうな幼児を思わせるからだろうか。

美冬は微笑みの目顔でどうぞと促し、鼻息を弾ませつつ、とどめの首振りを施した。

次の瞬間、ドクンと、肉棒がさらに一回り膨張したような感覚を得る。そして大量の射精が始まった。熱い粘液が瞬く間に口内を満たし、強烈な青臭さがツーンと鼻を抜ける。

（凄い量……。それに、なんて濃い精液なのかしら）

塩味と苦味の混ざった癖の強い味わいだったが、不思議とまずいとは思わなかった。美冬は次々と喉の奥へ流し込んでいく。飲めば飲むほど、頭の中まで白く染まっていった。

だが、すんでのところで理性を保つ。やがて射精が治まると、未だ萎えきらないペニスを強引にズボンの中へ押し込んで、美冬は逃げるように離れを出た。純一の呼ぶ声が聞こえたが、振り向かずに小走りで母屋へ向かう。

これ以上、彼といたら、きっと自分が発情していることがバレてしまうから。

美冬の股間は蜜にまみれ、Tバックのパンティをぐっしょりと湿らせていた。

その晩は、やはり自慰に燃えた。布団の中で二度、三度と気を遣ったが、女体の疼きが完全に鎮まることはなかった。

2

日曜日の昼前、離れの自室で、純一は孝太郎とゲームをしていた。

純一のことを実の兄のように慕《した》っている孝太郎は、こうしてよく離れに遊びに来るのである。

と、そこに孝太郎の妹の藍梨までやってくる。「お兄ちゃん、もうすぐお昼ご飯だよ。お母さんが戻ってきなさいって」

勢いよくふすまを開けて入ってくるや、藍梨は、座布団にあぐらを掻いている孝太郎の背中にベッタリとしがみついた。

背中へのしかかる可愛い妹の重みに、苦笑いを浮かべる孝太郎。それから孝太郎は時計を見て、小さく溜め息をつく。

「僕、ここで純一さんと食べたいなぁ……」

「えー、じゃあ藍梨もここで食べるぅ」

五歳のこの少女は、兄のことが大好きなのだった。

孝太郎はまた苦笑いをするが、今度はそこに憂《うれ》いの色が混ざっていた。

「駄目だよ。僕はともかく、藍梨が食卓に揃わなかったら、お祖父様《じい》の機嫌が悪くなっちゃう。お祖父様は藍梨のことが大好きなんだから」

それは暗に、孝太郎が義理の祖父に好かれていないことを表している。

三か月ほどこの家に下宿して、純一もなんとなく察していた。

美冬の再婚相手――袴田光彦《みつひこ》の子である藍梨は、祖父母から大変可愛がられている。それに対し、袴田家と血が繋がっていない連れ子の孝太郎は、存在自体が無視されているようだった。

先日の、義理の祖母の誕生会でも、袴田家の親戚筋が何人もやってきたそうだが、誰も孝太郎に話しかけたりはしなかったそうだ。

孝太郎はこの家で、肩身の狭い思いをしている。この家に下宿することを純一に強く勧《すす》めたのは孝太郎で、それは味方が欲しかったからかもしれない。

祖父の話が出ると、ムスッとした顔で少女は呟いた。

「藍梨は、お祖父様も叔母様たちも、みんな嫌いよ。お兄ちゃんに意地悪だもの」

孝太郎は複雑そうに笑うと、よしよしと妹の頭を撫でた。そして二人は、仲良く手を繋いで母屋へ戻っていった。

（お金持ちの子供っていうのも、いろいろ大変なんだな……）

気の毒に思いながらも、純一にできることは、彼と話したり、ゲームで一緒に遊んだりして、多少の慰めになってあげることくらいだった。

その後、純一は、昼食を食べに外出した。

その帰りに駅前のスーパーへ寄り、トイレットペーパーなどの買い出しをしているときだった。スマホに電話が入る。

(雛子さんの番号だ)

袴田家に下宿が決まったとき、なにかあったときの連絡先として、スマホの電話番号を雛子とも交換していたのだ。ただ、彼女から電話がかかってきたのは、これが初めてだった。

「もしもし」と電話に出ると、単刀直入に雛子が尋ねてくる。

『純一くん、今どこ？』

なんだか焦《あせ》っている雰囲気だった。スーパーで買い物中だと伝えると、雛子は少しほっとした様子になる。

『駅前のスーパーよね。じゃあ、すぐに戻ってこられるわよね。悪いんだけど、そうしてくれる？』

「え……なにかあったんですか？」

『ええ……あのね、桐佳さまがね、お話があるからって、純一くんが帰ってくるのをさっきからお待ちになっているのよ』

桐佳とは、美冬の亡夫の妹のことだ。

どういう人かはよく知らない。風呂を借りるために母屋にお邪魔したときなど、何度か顔を合わせたことがあったが、向こうは純一にまったく興味がないようで、一度も話をしたことはなかった。

「あの人が、僕に？　お話ってなんですか？」

『それは……桐佳さまから直に聞いて』

とにかく急いで帰ってきてねと、雛子は釘を刺してくる。純一は怪訝《けげん》に思いながら、それでも一応は早足になって帰宅した。

袴田家のくぐり戸を抜けると、待ち構えていたのか、雛子が駆け寄ってくる。

「さあ、早く離れに戻って、桐佳さまを迎える準備をしてちょうだい」

「え……もしかして桐佳さんは、ずっと玄関の前に？」

「ううん、ご自分のお部屋でお待ちよ。でも、あの方は、人に待たされること自体がお嫌いなの。もうだいぶご機嫌を悪くされてるわ。くれぐれも粗相《そそう》のないようにね」

「はあ、機嫌が悪いんですか……」

なんだか納得できなかった。事前に約束していたわけでもないのに、いきなり話があると言われて、純一は急ぎ足で帰ってきたのだ。機嫌が悪いのはこちらの方だと言いたい。

純一がムッとすると、なぜか雛子がごめんなさいと謝った。

「桐佳さまって、ちょっとやっかいなところがある方なのよ。自分の思いどおりにならないことがあると、すぐに腹を立てちゃったりして……」

大金持ちの娘として、こんな立派な豪邸でなに不自由なく暮らし、きっと周りからもちやほやされてきたのだろう。わがままになってしまうのも無理ないことかもしれないが、振り回される方はやはりいい迷惑である。

「いったい僕なんかに、なんの話があるっていうのかな……」

ご機嫌斜めになりながら、それでも純一を待っているということは、よほど重要な話なのではと思えてしまう。

袴田家の人々にはなるべく迷惑をかけないようにしてきたつもりだが、気づかないうちになにかやらかしていたのだろうか。

すると雛子が、そっと耳打ちしてきた。

「桐佳さまは、美冬さまのことが、その……お嫌いなのよ」

「え？」

「純一くんへの話っていうのも、多分、それに関係することだと思うわ」

嫁と姑《しゅうとめ》が不仲だというのは、世間でよく聞く話である。それに似たようなことが、美冬と義妹の間でも起こっているのだろうか。もしそうだとして、それが純一とどういう関係があるのか。

困惑する純一に、雛子はこう続けた。

「純一くんは……なにがあっても美冬さまの味方よね？」

「も、もちろんです」

純一の答えに、雛子はその顔を少しほころばせる。そして桐佳を呼びにいった。

純一はとにかく急いで離れに戻り、来客を迎える準備をする。普段使っていない六畳の座敷に座布団を用意し、やかんで湯を沸かす。

ほどなくして、雛子が桐佳を連れてやってきた。

なるほど桐佳は、不機嫌そうにむっつりしている。純一は笑みを引き攣《ひつ》らせ、座敷へ桐佳を案内した。雛子は心配そうな顔で母屋へ帰っていく。

「すみません、今お湯を沸かしていて……。あ、コーヒーしかないんですけど、いいでしょうか？」

「いらないわ。さっさと本題に入りましょう」

座布団に腰を下ろし、桐佳は純一を促した。

その言葉のとげとげしさにひるみ、純一は台所のやかんの火を止めると、急いで座敷に戻って彼女の前に座った。彼女は香水の類いを使っているようで、仄《ほの》かな薔薇《ばら》の香りが六畳間に漂い、純一の鼻腔を甘くくすぐる。

初めて桐佳と真正面から向かい合い、純一はおどおどしながらも、綺麗な人だなと密かに思った。

狐のような、意地悪そうに吊り上がった細目が印象的で、美冬とはまるでタイプが違うが、それでもかなりの美人である。年齢は二十代後半くらいと思われ、短めのボブヘアが凛然《りんぜん》とした大人の女らしさを表していた。

美冬も、美冬の義母も、普段から着物を着て生活しているが、桐佳はいつも洋装である。彼女は軽く顎を突き出し、どことなく威圧的に話しだした。

「あなた、美冬さんにずいぶん気に入られているようね」

「え……そ、そうですか？」

確かにいろいろとお世話になっている。純一の想いを受け止めてはくれずとも、相変わらず美冬は優しい。もし本当に美冬に気に入られているのなら、まだチャンスはあるということだろうか。

純一が思わず笑みをこぼすと、桐佳は苛立《いらだ》たしげに眉をひそめた。

「あなたが来てから、あの人、毎日機嫌がいいらしいじゃない。ふん、面白くない」

先ほど雛子が教えてくれたように、やはり桐佳は、美冬のことが好きではないらしい。そして、それを隠そうともしていなかった。

「……あの、僕にお話ってなんでしょう？」

なんだか嫌な感じがしたので、純一はとっとと終わらせたいと思った。

すると桐佳は、眉をピクリとも動かさずにこう言った。

「あなた、この家から出てってくれない？」

まるで当然の要求をしているような横柄《おうへい》な物言いに、純一はしばし唖然とする。

「ど……どうしてですか？　なんで……」

「あら、今の話の流れでわからないの？　あなた、あまり頭が良くないのね」

桐佳は溜め息をこぼし、いかにも面倒くさそうに説明した。

「私、あの人のことが嫌いなの。あの人がご機嫌だと、私が不愉快なのよ。あなたがいると、あの人の機嫌が良くなるなら、あなたがいなくなればいいじゃない。そういうことよ。わかった？」

「は……？」

純一は先ほど以上に唖然として、言葉を失う。

つまりは、美冬への嫌がらせだ。ただそれだけのために、純一にここから出ていけと言っているのだ。

あまりに横暴で、あまりに幼稚で、それなのに少しも恥じている様子がない。これがお金持ちのお嬢様育ちかと、純一はただただ驚いた。

「もちろん、タダでとは言わないわ。引っ越し代も含めて五十万円あげる。新しい住まいの当分の家賃としても充分でしょう？」

「……お断りします」

純一が首を振ると、桐佳は細長い瞳をぱちくりさせた。

「あら、足りない？　欲張りな子ね。いくら欲しいの？」

「お、お金の問題じゃないです」

「じゃあ、なんなの？」

「それは……」美冬に恋しているからとは言えない。純一は話を変えさせる。「そ、そもそも、どうしてそんなに美冬さんのことが嫌いなんですか？」

「はあ？　どうしてって……」

桐佳は、なにを当たり前のことを――という顔をした。

「私はね、あの人がお兄ちゃんのお嫁さんだなんて、今でも認めてないのよ。もっとましな女の人ならともかく、あんなこぶつきのバツイチ女なんて」

これには純一もイラッとする。美冬のことを侮辱《ぶじょく》されて、黙っていられない。

「別に美冬さんが悪いわけじゃないでしょう。美冬さんを選んだのは、あなたのお兄さんなんじゃないですか？」

「違うわ。お兄ちゃんはあの女に狂わされてしまったのよッ」

途端に桐佳は声を荒らげ、ますます吊り上がった瞳で睨んできた。「お兄ちゃんは頭が良くって、スポーツ万能で、かっこよくて優しくて、すべてが完璧な人だったの。好意を寄せる女の人は数え切れないほどいたし、その中には、私が〝この人なら、お兄ちゃんのお嫁さんになってもいいかな〟って思える人もいたわ」

それなのに——と、桐佳は悔しそうに唇を震わせる。

「お兄ちゃんったら、よりにもよって、家柄も大したことないあんな女と結婚するなんて……あの女がお兄ちゃんをたぶらかしたに決まってるわ！」

その怒りを目の当《まあ》たりにし、純一にも察しがついた。

桐佳が美冬を目《め》の敵《かたき》にしているのは、おそらく大好きな兄を取られたから。とんだブラコンである。

さらに桐佳の話によると、美冬の亡夫の袴田光彦は、死ぬ前に〝孝太郎にこの家を継がせてくれ〟と遺言を残したそうだ。そのことも桐佳は気に入らないという。

「可哀想なお兄ちゃんは、あの女のせいですっかりおかしくなっちゃって、自分の実の子供でもないあの子に跡を継がせようとしていたのよ」

光彦の両親も、この家の血を引いていない孝太郎に家督を譲《ゆず》る気はないという。が、光彦の最後の願いを無視するのは、親として忍びないのか、その代わりとして、藍梨の方を女当主にしようと考えているそうだ。

「あの藍梨って子も、母親の血を引いてるだけあって、人をたらし込むのが上手なの。お父様もお母様も、あんな女の子供をすっかり気に入って、猫可愛がりよ」

初孫だから可愛がっているだけでは？　と純一は思ったが、言っても無駄だろうと思って、口をつぐみ続ける。

桐佳は現在妊活中。もし男の子が生まれれば、両親の考えも変わるかもしれないと頑張っているそうだ。が、今のところその成果は上がっていない。

「あの女の存在が、私の最大のストレスなの。きっとそのストレスのせいで妊娠できないんだわ。最近じゃうちの夫も妊活に疲れて、なんだかやる気なくしちゃってるし……もう、なにもかも全部あの女のせいよッ」

完全に逆恨みだが、とにかく桐佳は心から美冬を憎んでいた。

これまでも、ことあるごとに美冬に嫌がらせをしてきたという。具体的にどんなことをしたのか、桐佳は特に言わなかったが、彼女の顔に浮かんだ意地悪そうな薄笑いから、純一にはなんとなく想像がついた。

桐佳はフンと鼻を鳴らし、

「あれだけ嫌がらせしてやったのに、それでもしぶとくこの家に居座り続けて……よっぽど自分の娘にこの家を継がせたいのね。なんて浅ましい女なのかしら。お兄ちゃんをたぶらかしたのも、結局はお金目当てだったのよ」

純一はもう相槌《あいづち》を打つ気にもなれなかった。

桐佳の話を聞いて、純一だってムカムカしていた。雛子から「粗相のないようにね」と言われていたが、これ以上彼女の話を聞いていたら、怒りにまかせてなにを言ってしまうか自分でもわからない。

「お話はもう結構です。でも僕は、ここを出ていく気はありません。この後、用事があるので、帰っていただいていいですか？」

用事があるというのは嘘だが、とにかくもううんざりだった。早く彼女に、母屋に帰ってもらいたいと思う。だが、

「どうしてそんなに、ここに下宿していたいの？」と、桐佳は引き下がらなかった。

「まさかあなた、あの女のことが好きなわけじゃないわよね？」

「な……なんでそうなるんですか？　全然違います」

図星を突かれた純一は、内心の動揺を必死に隠す。ここで美冬への恋心を明かしてしまっては、いろいろと面倒なことになるように思えたからだ。

桐佳は――まるで気づいていない様子で、くくくっと笑った。

「ええ、そうよね。あんなアラフォーのおばさん、いくらやりたい盛りの男の子でも嫌よねぇ」

純一は下唇に前歯を押し当て、苛立ちを噛《か》み潰す。

（うるさい、とっとと帰れ……！）

が、次に桐佳が取った行動によって、純一は思わず口を開けた。

なにを思ったのか、桐佳は自身のブラウスのボタンを外しだしたのだ。上から四つめまで外して、胸元をくつろげる。レース模様の美しい黒のブラジャーと、つややかな白い肌が露わになった。

「な、なにを……!?」

動揺する純一を見据えて、桐佳は細い目をさらに細める。

「セックスするなら、私みたいな女がいいでしょう？」

前屈みになると、四足歩行の獣のように膝を進めて、桐佳はにじり寄ってきた。

「この家から引っ越してくれるなら……ふふっ、させてあげてもいいわ」

彼女が近づいてくると、ブラウスの胸元の奥がさらに覗けるようになる。

黒いブラジャーの艶めかしい膨らみ。ブラウスは白なのに、黒い色は全然透けていなかった。特別な素材のブラウスなのだろうか？　全然わからない。純一は混乱しながらも懸命に理性を繋ぎ止め、彼女に抗おうとした。

「……い、いいんですか？　僕とセックスしたら、浮気とか不倫とか、そういうことですよね？　それが旦那さんにバレちゃったら困るんじゃないですか？」

だが桐佳は、一瞬目を丸くしたものの、すぐにケラケラと笑いだす。

「私を脅してるつもり？　あなたとセックスしたって、浮気でも不倫でもないわ。ただの遊びよ。そんなのこれまで何度もしたことあるし、バレたって全然平気よ」

桐佳の夫は元モデルのイケメンだが、今はそれほどパッとしない役者だという。一人で食べていけるような収入はなく、この家に婿入りしたことをとても喜んでいたそうだ。つまり桐佳がどれだけ男遊びをしても、夫に離婚を選択することはできないのだとか。

「べ、別に、僕は脅すつもりじゃ……」

「あら、そう。じゃあ、なにを躊躇っているの？　ああ……なるほどね」

桐佳は唇の端を吊り上げ、高慢な笑みを浮かべる。

「大丈夫、私がいろいろ教えてあげるから。あなた、どうせ童貞なんでしょう？」

女の胸元にあたふたする有様で、すっかり侮《あなど》られてしまったようだ。

「ど、童貞じゃないです。そりゃ、大して女性経験はないですけど」

「あら、かっこつけなくてもいいのよ」

桐佳はふふんと鼻で笑った。「それで、どうするの？　この私とセックスできるんだから、あなただって悪い話じゃないわよね？」

憎たらしいほどの自信満々。しかし、それも無理はない。狐のような吊り目が少々個性的ではあるが、それでも彼女が美人なのは確かだ。その美貌をもってすれば、大抵の男は喜んでセックスを求めるだろう。しかも彼女は顔が良いだけでなく、手脚も長くて、スタイルはモデル並みだ。

純一は桐佳に腹を立てていたし、ここを出ていく気などさらさらなかったが、この女を犯してやりたいという気持ちが沸々と湧き上がってくる。

「……僕を満足させてくれたら、考えてもいいです」

「ふん、生意気ね」

桐佳は眉間に小さな皺を寄せたが、余裕の笑みは消えなかった。

「いいわ。泣いて悦ばせてあげる」

3

純一は桐佳を連れて、寝室へ移動した。

最近はめんどくさくなって布団を敷きっぱなしだった。桐佳が呆れたように咎めてくる。

「布団くらい、毎日ちゃんとしまいなさいよ。そんな万年床で私を抱くつもり？」

「そ、そんな万年床ってほどじゃないですよ。ほんの二、三日、敷きっぱなしだっただけです」

純一が掛け布団をたたんでいると、早くも桐佳は服を脱ぎ始める。

自分の身体に自信があるのだろう。その脱ぎっぷりに躊躇いはなかった。露わになっていく桐佳の女体に、純一は思わず見入ってしまう。

（う……やっぱり綺麗だ）

パンティとブラジャーだけの格好になった彼女は、まさに下着のテレビＣＭに出てくるモデルの如く美しく整った身体をしていた。

小気味良くくびれたウエスト。すらりと長い脚。その身体は女らしいなめらかな曲線を描きつつも、無駄な肉はどこにも見当たらなかった。

ただ、バストやヒップのボリュームは、どちらかといえば控えめ。

美冬や雛子のような、豊満な肉量に包まれた女体とはまた違う趣である。匂い立つような色気はなかったが、美の女神が発するような輝かしいオーラを感じた。

純一の瞳を虜《とりこ》にした桐佳は、ニヤリと笑ってブラジャーを外す。

巨乳ではないが、下乳もぷっくりと膨らんだ、お椀型《わんがた》の美しい乳房。ツンと上を向いた乳首は、まるで処女のような薄桃色だ。

(綺麗なオッパイだ)

そういえば以前、純一は美冬の下着を求め、袴田家の人々の洗濯物をあさったが、そのときに手にしたブラジャーは、確かサイズがCカップだった。

(あれは桐佳さんの下着だと、美冬さんが言っていたよな。じゃあ、桐佳さんのオッパイはCカップか)

大きさでは美冬や雛子に遠く及ばないものの、しかし純一の男心を昂ぶらせるだけの魅力は充分に秘めている。桐佳が胸元を隠さないのをいいことに、純一はまじまじと、その美しい膨らみを眺めてしまった。

と、桐佳が尋ねてくる。「あなた、年はいくつ？」

純一はハッと我に返って答えた。「えっ……あ、じゅ、十八です」

「ふーん、私より十歳も年下なのね」

しかし桐佳は、特に気にしていなさそうだった。「あなたくらいの年だと、二十八なんてもうおばさんなのかしら？　ううん、そんなことないわよね。まだまだいけるでしょう？」

前にかがんだ格好で、媚びるように小首《こ》を傾げて、桐佳は尋ねてくる。

迫る美貌と、プルンと揺れる美乳にドキドキし、純一は彼女への敵対心も一瞬忘れてしまった。

「は、はい、とっても綺麗です」

「そうよね。うふふっ」

満足そうに笑うと、桐佳は最後の一枚のパンティも脱ぐ。露わになった恥丘のヘアは少なめで、整然とした逆三角形にトリムされていた。

ヒップも綺麗に持ち上がって、丸々としている。桐佳は布団に仰向けに寝て、指でクイッと純一を促した。

「当然だけど、濡らさないと入れられないわよ。あなた、前戯できる？　無理なら

「……まあ、私が自分でなんとかするけど」

「で、できますよ」

純一は気もそぞろに衣服を脱ぎ捨て、全裸になると、美麗なる女体に近づく。

まずは乳房からだ。桐佳の横に座って両手を伸ばし、仰向けになってもほとんど形を変えていない双乳にそっと触れる。

（ぷにぷにだ）

美冬の巨乳や雛子の爆乳には、だいぶ水をあけられているが、その分、乳肉の弾力は確実に勝っていた。軽く揉むと、乳肉に触れた指が心地良く跳ね返される。

つややかに輝く乳肌のなめらかさも素晴らしかった。乳丘の裾野に沿って指先を滑らせると、わずかな引っ掛かりもなくツルリと滑る。

（エステとかに行って、いっぱいお金をかけてるんだろうな）

スポーツジムにも通い、この美ボディを日々磨《みが》き上げているのだろう。

膨らみの頂上も、なんとも綺麗な形だった。乳輪から乳首にかけて緩やかに盛り上がり、まるで小さな富士山のようである。

純一は小振りの可愛らしい突起を、ソフトタッチの指先で撫でてみる。ススッ、スッと、上から下へ、くすぐるように。

やがて桐佳は焦《じ》れったそうに身をよじり、眉根を寄せて軽く睨んできた。

「あん、駄目っ……もどかしくて苛々《いらいら》しちゃうわ。もっと強くして」

「あ、はい」

言われたとおりに力を込め、撫でるだけでなく、こねるような動きも追加する。

すると桐佳は頬を緩め、うっとりと目を細めた。

「あぅん、そう……それくらいなら、悪くないわ……ああん」

純一が雛子の淫らなご奉仕を受けてから、一週間ほど経っていた。

あれから毎晩、雛子は離れにやってくる。純一は美冬に恋をしているものの、精力をみなぎらせた若い男として、セックスを誘ってくる女を断ることは難しかった。

ただ、どうせするならと、女の身体の扱《あつか》い方を一から教わっているのである。無論、美冬とセックスをする機会がまた巡ってきたときのためにだ。雛子は主に愛撫の手技、口技をレクチャーしてくれた。前戯にたっぷり一時間かけたこともあった。

まだ覚えたての指使いだが、悪くはないようである。桐佳の乳首はみるみる硬くなり、大きく膨らんでいった。

次に純一は四つん這いになって、乳房に顔を寄せる。仄かな薔薇の香りがより強く感じられ、さらに汗などの甘い匂いが嗅覚を微かに刺激する。

勃起した乳首をペロリ、ペロリと舐めれば、コリコリした感触が舌に心地いい。

桐佳はどんどん呼吸を乱していき、悩ましげに呻いた。

「はうぅん、た、確かに、まったくの童貞ってわけではなさそうね……あひっ、そ、それぇ」

唇で乳首を包み、チュッチュッと吸い上げると、桐佳はつや肌を揺らして悶える。

純一は左右の乳首を交互にしゃぶり、ときおり甘嚙みを施してはグミのような歯応えを愉しんだ。桐佳の嬌声はさらに甲高《かんだか》くなる。

「くふうっ……も、もう乳首はいいわ。充分よっ」

「そうですか。わかりました」

ならばと、純一は彼女の足下へ移動した。膝をつかんで、美しいコンパスをそっと左右へ広げる。

恥裂はすでに汁まみれ。男遊びをしているようなことを言っていたが、それにしては意外と小振りの小陰唇で、ほとんど皺やよじれもなく、そのぬめりにテラテラと光っていた。割れ目から溢《あふ》れた淫蜜は、ダラダラと尻の谷間へ流れ落ちている。

「わあ、ぐしょ濡れですね」純一はわざと声を大きくした。「そんなに乳首が気持ち良かったですか？」

「う、うるさいわね。私は濡れやすい体質なの。別にあなたの愛撫が上手なわけじゃないんだから、勘違いしないで」

強がっているのがバレバレだった。だったらもっと感じさせて、言い訳できないぐらいに濡らしてやろうと考える。純一は腹這いになり、実の弾けた果実のような割れ目にねっとりと舌を這わせていった。

「あっ、も、もう前戯はいいの。あううっ」

桐佳の股ぐらに鼻面《はなづら》を潜り込ませ、構わずに舐め続ける。

彼女はシャワーは浴びてこなかったようで、なかなかに濃厚な女の恥臭が、熱気を孕んで純一の顔面を撫で上げていった。

「んはぁ、桐佳さんのオマ×コ、プンプン匂いますよ」

わざと下品な言葉で伝えると、桐佳は明らかに動揺する。

「う、嘘よ。そんなはずないわ」

「どうしてです？　ここに来る前に、お風呂に入ってきたわけじゃないでしょう？」

「そうだけど……だ、だって、アソコが臭いだなんて、私、今まで一度も言われたことないもの」

察するに、これまで桐佳と寝た男たちは、お嬢様のご機嫌を損なわないよう、女陰の匂いのことなど触れなかったのだろう。

純一もこれが悪臭だとは思っていない。が、蜜の量が多いせいもあってか、かなり強い牝の淫香がムンムンと溢れていた。

胸の内で、今まであまり感じてこなかった意地悪な気持ちが膨らんでくる。

「別に臭いとは言ってないですよ。けど、ヨーグルトの中に汗とオシッコを混ぜ込んだみたいな、甘酸っぱくて刺激のある、凄くエロい匂いです」

純一は鼻を鳴らして、胸一杯に淫臭を吸い込んだ。

「や、やだぁ、汗とかオシッコとか、それ、どう考えても嫌な匂いじゃない。か、嗅がないで。クンニはもういいから……ひ、ひいっ」

桐佳の手が純一の顔を押しのけようとするが、純一は両手でがっちりと彼女の太腿を抱え込んで抵抗する。

クリトリスの包皮ごと、レロレロと舐め上げれば、やがて中身がツルンと顔を出した。完全露出した肉粒に舌戯を施し、尖らせた唇でチュッチュッとついばむ。

「ああーっ、す、吸わないでぇ。ダメッ、あううっ、そんなにしたら……と、取れちゃうぅ」

桐佳の手からみるみる力が抜けて、美しい柳腰がブルブルと戦慄いた。

また蜜がどっと溢れ出す。純一は膣口に唇をつけ、仄かな甘味を含んだ女のエキスを直にすする。まるで強壮剤を飲んだみたいに身体は昂ぶり、ペニスの先から先走り汁をドクドクとちびりつつ、またクリトリスにしゃぶりつく。

「あ、あぁ、ダメ、ダメぇぇ、もう……ふひぃっ」

あれほど偉そうにしていた桐佳が、自分のクンニであられもなく乱れていた。その事実に純一はますます興奮し、舌戯を加熱させる。

(どうだ、どうだ、さあイッちゃえっ)

舌先を高速で上下させ、クリトリスを根元からせっせと掘り返しては、今にも弾けそうに張り詰めたそれを、頰が窪むほどに吸引した。

桐佳の腰がひときわ大きく跳ね上がる。断末魔の悲鳴が高らかに響いた。

「あーっ、イクッ、イクううぅ!!」

ムチッと張り詰めた太腿が、純一の横顔を万力の如く挟んできた。

4

やがて桐佳の太腿から力が抜けていく。

がに股でみっともなく割れ目をおっ広《ぴろ》げたまま、桐佳はビクッビクッと腰を震わせた。彼女の美貌は、魂が抜けたみたいに呆《ほう》けている。

純一は身体を起こし、その有様を見下ろした。実に爽快な気分だった。

男根はガチガチに硬直して反り返り、早く入れさせてくれとしきりに下腹を叩いている。

純一は暴れる幹の根元を握り、ドロドロに蕩けた肉穴に先端をあてがった。すぐさま腰に力を込め、膨らみきった亀頭をズブリとくぐらせる。

内部も多量の蜜に満たされ、フル勃起の剛直がたやすく潜り込んでいった。

(おお、気持ちいい)

アクメの熱を帯びた蜜肉がペニスを包み込む。美ボディを維持するためのトレーニングの恩恵か、なかなかの締めつけである。

「あうぅ、勝手に入れるなんて酷いわ……あ、ああん、おっきい」

我に返った桐佳が眉根を寄せ、恨めしそうに、しかし艶めかしく呟く。「お腹の中が押し広げられちゃってる。こんなの久しぶりだわ……」

「旦那さんのチ×ポは、これより小さいんですか？」

「ええ……これには全然及ばないわ」

我に返ってもなお、若勃起が入り込んでくる感覚に心奪われているのか、桐佳は素直に純一のペニスを褒めてくれた。

「大きくて、それにとっても硬いわ。若い子のアソコって、みんなこんなにカチカチになるの？」

「どうでしょう。他の人のチ×ポのことはわからないです」

いけ好かない人だと思っていたが、こうしてペニスを褒められると、男としてはどうにも嬉しくなってしまう。純一は自嘲混じりの照れ笑いを浮かべる。

根元まで埋め込むと、深呼吸をしてからピストンを開始。

最初は緩やかな抽送で様子をうかがう。ブリッジをしたときの雛子の膣圧ほどではないが、結構な力でペニスが締めつけられる。

また、膣襞《ちつひだ》の角が立っていて、さらに摩擦快感が高められた。無数に刻まれたヒダの隙間にたっぷりの愛液を含んでおり、その蜜肉に擦られる感触は、しっかりと泡立てた高級品質の天然海綿《かいめん》もかくやという感じだった。

(気を抜いたら、あっさりとイッちゃいそうだ)

肛門に力を込めて、少しずつピストンを加速させる。

それに従って桐佳も息を弾ませ、より乱れていった。だが、亀頭による膣底へのノックを繰り返すと、だんだん彼女の声が苦しげになっていく。

やがてジロッと睨んできて、

「ちょっ……それ、やめて……！」

どうやら桐佳は、あまりポルチオが好きではないらしい。快感よりも痛みが勝るようである。純一は挿入の深さを調節し、亀頭が膣底に当たらないようにする。

「じゃあ、こっちはどうですか？」

膣路の天井側の壁にはザラザラした場所がある。それが膣内におけるもう一つの性感ポイント、いわゆるGスポットだと、夜伽のときに雛子から教わっていた。

亀頭冠の段差がしっかりとGスポットに当たるよう、純一はペニスの挿入角度を調節してピストンを繰り出す。

「あはんっ……い、いいわ、それ、好きよ……そこ、そこおぉ……ひいぃん、グリグリ当たるうぅ」

硬さ自慢の若勃起は、その反りのおかげで、鉤爪の如く膣壁に引っ掛かるのだ。

桐佳の泣きどころを捉えた純一は、夢中になって腰を振り、さらに力強く雁エラを擦りつけていった。

桐佳は細目を見開き、狂おしげに身をよじって悶えまくる。

「ああっ、まさかこんな子のセックスでここまで感じちゃうなんて……だ、駄目、ちょっと待って、このままじゃイッちゃうぅ」

どうやら桐佳は、純一が自分をイカせられるとは思っていなかったようだ。

戸惑いの表情で悶える彼女に、純一はピストンを続行しながら尋ねる。

「イッちゃうのがなんで駄目なんですか？　どうぞ、気持ちいいなら遠慮なくイッてください。ほらっ」

「ああぁん！　そ、そうじゃなくて……駄目なの、ほんとにっ」

その声は真に迫っていて、彼女が本当に切羽詰まっているのが理解できた。

が、駄目だと言われれば、逆に悪戯心や嗜虐心《しぎゃくしん》が込み上げてくるというもの。

(自分だって、今まで美冬さんにいろんな嫌がらせをしてきたんだろう。少しは嫌がらせをされる側の気持ちも味わってみればいい)

彼女が逃げられないよう、戦慄く美脚を脇に抱えて押さえ込む。

そしてGスポットの肉壁を雁《カリ》の出っ張りでゴリゴリと掻きむしった。小刻みなピストンで、集中的に責め立てる。

「ああーっ、イッちゃう、やめて、おぉ、怒るわよっ……放して、放しなさいっ」

「嫌です。僕ももうすぐイキそうなんで」

ストロークが過熱すれば、当然、ペニスへの摩擦快感も励まされる。肉襞の凹凸がブラシのように裏筋や雁首を擦り、純一はドクドクとカウパー腺液をちびる。

奥歯を嚙み締めながら、とどめのピストンで女体を追い詰めた。

「駄目、駄目ぇ、いやあぁ、イクーッ!!」

とうとう桐佳は絶頂を迎えた。先ほどの前戯が効いたのかもしれない。男は射精のたびに長持ちするようになるが、女はアクメを極めるごとに達しやすくなるという。

が、その満足感を得る前に、驚くことが起こった。

桐佳の全身がオルガスムスに痙攣するや、膣穴の上にある小さな穴——尿道口からピュピューッと液体が噴き出したのだ。

「えっ？　わ、ウウウッ!!」

その直後、純一も肉悦の極みに達した。波打つ膣肉にペニスを揉まれ、熱い樹液を多量に噴き出す。一回、二回、三回——。

しばらくは射精の快感でなにも考えられなかった。

愉悦の波が鎮まっていくと、ようやく頭が回るようになる。さっきのはなんだったのか。桐佳が透明な液体をほとばしらせた。それは放物線を描いて、純一の腹部にまで飛んだ。生温かい液体だった。

「オシッコ……？」

ぼそりと純一が呟くと、未だゼエゼエと喘いでいた桐佳が、かすれ声で否定した。

「ち……違うわっ」

だとするなら、純一が思い当たるのはただ一つ。噂に聞く潮吹《しおふ》きだ。

尿道口から射精の如く液体を放出する——ＡＶなどではわりとよく見る、女性の秘密の生理現象である。

（まさか現実に見られるなんて）

純一は腹部にかかった液体を指ですくい取り、匂いを嗅いでみた。

聞いた話では、潮吹きの液体は尿とは違うものなのだとか。確かにアンモニアの刺激臭は感じられない。

しかし、ここでまた嗜虐心が込み上げてくる。純一はニヤリと笑って言った。

「でも、この匂いは、なんだかオシッコっぽいですよ」

「えっ……そ、そんな、嘘よっ」

「嘘じゃないです」純一はペロッと舐めてみる。「うん、ちょっとしょっぱい」

もちろん嘘だ。だが、桐佳の美貌は火がついたように真っ赤になる。

「オシッコが出そうだったら、そう言ってくれたら良かったのに。いい年してお漏らしして、恥ずかしくないんですか？」

「ち、違うの……確かにオシッコが出そうだったんだけど……でも、いつもはオシッコじゃないものが出るの……。ほ、本当よ、信じて……！」

どうやら彼女は潮吹きという生理現象を知っているようである。しかし、潮吹きの瞬間の感覚は、おそらく排尿に近いのだろう。潮吹きは射精のように、明らかに尿と違う液体が噴き出すわけではないから、これがオシッコだと言われれば、自信を持って否定することはできないのだ。

二十八にもなってお漏らし。しかも人前で。それは気位の高い桐佳にとっては、とてつもない恥辱に違いない。耳たぶまで真っ赤に染め、瞳には涙すら滲ませていた。

（ああ、なんだろう……）

その表情を見ていると、純一の背筋にゾクゾクするものが走る。

「今までにも出しちゃったことがあるんですね。旦那さんとのセックスのときとか？旦那さん、気を遣《つか》ってオシッコじゃないふりをしてくれたんじゃないですかね。でも内心では、桐佳さんがオシッコ漏らしたから驚いてたんじゃ」

「嫌っ、嫌っ、そんなこと言わないで……！」

桐佳は両手で顔を隠し、ブンブンと首を振る。

そのとき純一は気づいた。純一がねちねちとなじると、桐佳は苦悶するように身をよじり——そして、膣穴がキュキューッと収縮するのだ。

その有様を見ていると、なんだか彼女が非難されることを悦んでいるような気がしてくる。恥辱に酔っているように思えてくる。

純一の中で、またもサディスティックな感情が込み上げてくる。女性に対してこんな気持ちになったのは初めてだった。

「まあいいです。次は我慢してくださいね」

「え……ま、まだするの？」

「満足させてくれる約束でしょう？　僕はまだまだですよ」

嗜虐心がペニスを満たしたのか、萎えるどころか、ペニスは先ほど以上に怒張していた。今度は桐佳を四つん這いにさせ、バックから嵌める。

「イッたばかりなのに……くひぃぃ」

男と違って、女の絶頂感はすぐには醒めないらしい。それも雛子から教わっていた。アクメの名残を宿して、熱く煮え立つ膣壺。それを責めることで、女の性感はより高みに達するのだとか。

鉄は熱いうちに打て——とばかりに、純一は肉棒を繰り出す。

正常位から後背位に変えたことで、嵌め心地も変わった。ペニスが強く擦れる部位も先ほどとは変わり、新鮮な愉悦が味わえる。だが、

（あまりＧスポットに当たってないような）

挿入角度が変わったことで、Ｇスポットへの当たりが弱くなってしまったのだ。

「桐佳さん、いいですか？」

「なにっ……？　や、やだ、乱暴にしないで」

純一は、四つん這いの彼女の腰を両手でつかみ、グイッと引き寄せて強引に体勢を変えさせる。桐佳の腰を、膣口がやや下向きになるような状態にすると、いい感じに亀頭が膣路の天井側に強く当たるようになった。

「あぁっ、またそこにグリグリと……もう勘弁してぇぇ」

無視して腰を振り続ける純一。嫌よ、やめてと、喘ぎ交じりに訴え続ける桐佳だが、しかし本気で抵抗したりはしなかった。おそらく彼女の中で、やめてほしい気持ちと、このままＧスポット責めに浸《ひた》っていたい気持ちがせめぎ合っているのだろう。

多量の愛液が掻き出され、ジュポ、ジュポ、ジュププッと卑猥な音が鳴り響く。

「ああ、あぁぁ、気持ち良すぎるぅ。なんなのあなたのアソコ……こんな凄いの、はひ、あひぃ、し、信じられないっ」

「僕のチ×ポ、そんなに気持ちいいですか？　ふふっ、桐佳さんのオマ×コも、なかなか気持ちいいですよ」

角が立った膣襞。多量の愛液によるぬめり。桐佳の膣穴の嵌め心地も実に素晴らしかった。美冬とも雛子ともまた違うセックスの快感。女というものは、一人一人抱き心地が異なるものなのかもしれない。

「このオマ×コなら、旦那さん、毎晩喜んでるんじゃないですか？」

「ふうっ、んんっ……ま、毎晩なんてしてないわ……」

桐佳の夫は線の細いイケメンで、体力がある方ではないという。

まだ三十三歳だが、子作りのためのセックスも一晩に一回が限度だとか。それなのになかなか妊活の成果が出ないので、先ほど桐佳が言っていたとおり、このところはセックスの頻度《ひんど》ががっくりと落ちているそうだ。

もっとも子作りが目的なら、毎日セックスをする必要はない。むしろ睾丸内での精子の生産が追いつかなくなり、ザーメンに含まれる精子の量が減ってしまうので、女体がもっとも妊娠しやすい時期に集中してセックスした方が良いという話である。

だがそれでは、女盛りを迎えつつある桐佳の身体は満足できなかったようだ。

「あはぁん、あんっ、ぬ、抜かずに連続セックスなんて、何年ぶりかしら……夫の友達のアクション俳優と寝たとき以来よ……あうぅ、おほおぅ」

汗だくの背中が、まるで蛇のようにウネウネと波打つ。

「またイッちゃうわ……また出ちゃうぅ……あ、あ、ダメダメ……嫌、嫌っ、イックうぅぅ!!」

ピュピュッ、ピューッ。

膣口が収縮してペニスを締めつけ、それと同時に生温かいものが陰嚢へ当たる。桐佳はまたも潮吹きアクメを迎えたようだ。

「ふふっ……また漏らしちゃったんですか？」

「ううぅ、しょうがないじゃない……あなたがアソコの中の弱いところばっかり擦るから……そこが気持ちいいと、どうしても出ちゃうのよぉ」

桐佳は恨めしそうな顔で振り返る。

だが、その表情には密かな艶めかしさが混じっていて、純一の秘めたる獣欲を煽り立てるのだった。

「言い訳しないっ」

純一は片手を振り上げ、形良い美臀に叩きつける。パァンッと、乾いた音が鳴り響いた。

「んひいっ！　な、なにするのっ？」

「僕の布団がびしょびしょになっちゃったじゃないですか。そのお仕置きです」

さらに二発目、三発目を喰らわせる。

さすがに力は加減したので、それほど痛くはなかったはず。しかし、自分より十歳も年下の男に〝お尻ペンペン〟されたことは、お嬢様の桐佳にとってはとんでもない屈辱だったろう。

（いくらなんでも怒るかな？）

だが、桐佳の反応は予想外のものだった。

「う、ううぅ……ごめんなさい、赦《ゆる》してぇぇ」

ただ謝っただけではない。桐佳の言葉には、明らかに発情した牝の声音《こわね》が混じっていたのだ。

その目は涙に濡れ、確かに怯えているようだったが、口元には微かな笑みが浮かんでいるように見えた。純一は仄かに赤くなった尻たぶをもう一度、たとえるなら少々強めに拍手をするときくらいの力加減で叩いてみる。

「ハウゥッ……ごめんなさい、ごめんなさい、あぁぁん……」

言葉では赦《ゆる》しを請《こ》う桐佳。しかしながら、彼女の腰は艶めかしくうねり、膣口はキュンキュンと肉棒を締めつけてくる。もっともっとと甘えるみたいに。

（こういうのって……やっぱりマゾだよな）

膣底を抉られるのは痛いから嫌だと彼女は言っていた。つまり肉体的ではなく精神的に虐められるのが好きなタイプなのではないだろうか。

美臀に平手打ちを喰らわせながら、純一は止まっていたピストンを再開する。

「ふぎぃぃ、待って、少し休ませてぇ……あう、あう、くううっ」

「僕ももうすぐイキそうなので。休ませてほしかったら、頑張って僕をイカせてください。もっとオマ×コを締めて、ほらっ」

馬に鞭をくれるように、マゾ牝の尻をスパーンッと叩いた。そして純一も汗だくになりながら腰を振り立てる。

「あぐうっ……お願い、そこばっかり責めないでぇ……！　き、気持ち良すぎて、頭おかしくなっちゃウウゥ」

もはや絶頂感が止まらないのか、桐佳はなにかに取り憑かれたみたいにガクガクと震え続けた。一突きするごとに淫水を撒《ま》き散らし続けた。

女壺の中も狂ったように戦慄き、律動し、まるで電動オナホの如く肉棒を痺《しび》れさせる。強い射精感を催して、純一は唸るように告げた。

「イッ……イキますよ……！」

その頃には桐佳は、四つん這いの体勢を維持できなくなり、胸から布団に突っ伏していた。

「ああっ、イッて、早くイッてぇ！　じゃないと私、もう死んじゃう、シヌーッ！」

名家の娘が鬼気迫る声で叫び、のたうち、綺麗に整えた長い爪でバリバリと布団を掻きむしる——

狂気すら感じる乱れようは凄艶《せいえん》で、恐ろしいくらいだったが、嗜虐心に酔った今の純一は、ひたすらに官能をたぎらせてとどめのピストンを轟かせた。

「うおおおっ、で、出るッ……!!」

最後だけは幹の根元まで挿入。子宮口をこじ開ける勢いで肉槍を突き刺し、したたかに精を放つ。ろくに喧嘩もしたことがない純一は、スパンキングのようなサディスティックな行為に自分自身も激しく興奮し、一番搾りを越える量と勢いのザーメンをほとばしらせた。

「あはあっ、いっぱい注がれちゃってるぅ……お腹の中が、パンパンにィ……！」

名家の娘である桐佳が、ただの庶民の精液で子宮を満たし、悔しさと嬉しさがドロドロに溶け合った、なんとも凄まじいアヘ顔を晒す。

「ク、クるっ、今までよりもっと凄いのが……イ、イ、イグウゥーッ!!」

さすがにもう絞り出すものも残っていないらしく、潮吹きはやんでいた。

その分、母屋まで届くようなひときわ高い声で叫び、オルガスムスのさらなる高みを極めた模様。

叫び声がやむと、桐佳は精も根も尽きたようにぐったりする。

射精が終わった純一がペニスを引き抜くや、大黒柱を失った建物の如く、女体は力なく横へ倒れた。

「おっ……おほっ……うふうぅん……」

未だアクメの余韻に漂っているのか。ゼイゼイと喘ぎながら、桐佳は小さな声で艶めかしく呻いた。腰や手足が断続的にビクッビクッと痙攣する。

純一が布団を見下ろすと、案の定、一箇所だけびちょびちょに濡れている。

(今晩、寝るとき、どうしよう)

5

一枚しかない布団のことは考えてもしょうがない。いや、今は疲れて考える気にもなれず、純一も仰向けになって桐佳の横に寝っ転がる。

ボーッと天井を眺めながら呼吸を整えていると、桐佳がゆらりと起き上がった。アクメの衝撃は治まったのか、桐佳は意外な速さで動いた。彼女は純一に覆い被さってきて、アッと思ったときには馬乗りにされていた。桐佳の両手が伸び、純一の頭を鷲づかみにする。その力強さに純一はひるんだ。

(怒ってる？　さすがにやりすぎたか)

だが、そうではなかった。桐佳の顔がヌッと迫ってきて、彼女の唇が純一の唇を塞《ふさ》いだ。すかさず舌が入り込み、純一の口内で情熱的に躍動する。

「んむぅ……んんっ……ううん、ふぅぅ……」

擦れ合う互いの舌粘膜。心地良いくすぐったさに純一はゾクゾクした。

顔を上下左右に忙しく揺らし、純一の口内を貪る桐佳。その熱い鼻息も芳《かぐわ》しく、純一は胸一杯に吸い込む。

舌を伝って、彼女の仄かに甘い唾液が流れ込んできた。飲み込んでも、次から次に流れてくる。純一に飲ませたくて、わざとやっているようだ。

「んふぅ……ちゅぷっ」

やがて桐佳は満足したように顔を離した。馬乗り状態のまま、吊り上がった細い目で純一を見つめてくる。それは情交する前の、純一を見下すような目つきではなく、甘く熱い眼差しだった。

彼女の手が、純一の顔に向かって伸び――

二本の指で純一の頰をギュッとつねる。

「いっ？　いたたた……！」

「ずいぶん酷いことしてくれたわね。無理矢理お漏らしさせたうえにお尻まで叩くなんて。あんな乱暴なセックスされたの初めてだわ」

桐佳は表情を一転させ、純一を険《けわ》しく睨《にら》みつけた。つねっている頰に長い爪をギリギリと食い込ませてくる。

「痛い痛い、ご、ごめんなさいっ」

純一が謝ると、桐佳は頰から手を放す。また表情を変え、にこっと微笑んだ。

純一に身を重ねると、恋人に甘えるように両腕を純一の首に回してくる。さらにすらりとした美脚を、純一の脚に絡みつかせてきた。

(怒ってるのか、怒ってないのか……よくわからないな)

コロコロ変わる桐佳の態度に困惑していると、彼女は猫撫で声で囁いてきた。

「あなたにあんなことされたから……私、お兄ちゃんのことを思い出したわ」

「え……お兄さんとセックスしたことあるんですか？」

「バカ、違うわよ」

苦笑いを浮かべる桐佳に、鼻先をペチッと指で弾かれる。ちょっと痛い。

「昔、お兄ちゃんにお尻を叩かれたのよ」

桐佳は小さい頃、悪戯をして、友達の前で兄の光彦に折檻《せっかん》されたことがあったという。

「あのときのことは、今でもはっきりと覚えてるの。友達の前でみっともなくお尻ペンペンされて、そりゃあもう、死にたくなるくらい恥ずかしかったわ」

だが、その話をする桐佳の顔は、遠い昔を懐かしむような優しい表情だった。

兄に折檻されたことも、今ではいい思い出なのだろう。その兄がこの世を去った今、なおさらかけがえのない記憶となっているに違いない。

ただ純一には、単なる思い出話でもないように思えた。

先ほどのセックスで、桐佳が恥辱的な責めに感じていたのは間違いない。もしかしたら、友達の前で兄に折檻を受けた幼い桐佳は、そのとき倒錯した悦びに目覚め、密かに興奮していたのかもしれない。

「それにしても、あなたっておとなしそうな顔してるからMかと思ったら、結構なS

だったのね。この私にあれだけ好き勝手したんだから、もちろん満足したのよね？」

「え、ええ……満足はしました」

桐佳の甘い態度に毒気を抜かれたのか、つい正直に答えてしまった。

「……でも、引っ越しはしませんよ」

美冬とさらに深い仲になりたいと願っている純一にとって、引っ越しなど考えられない。

そもそもここの下宿代はタダなのだ。引っ越し代や当面の家賃を出してもらっても、純一がこの家を出ていくメリットはないのである。

「満足したら考えますとは言いましたけど、考えたうえで、やっぱり嫌です」

また怒らせてしまうかな？　と思ったが、意外にも桐佳は、ちょっとムッとした表情を見せただけだった。

ふうっと溜め息をつき、彼女はすぐになんともないような態度に戻る。

「ま、それはいいわ。その代わり……また私のセックスの相手をしてちょうだい。いいわよね？」

桐佳は腰をくねらせ、なめらかな下腹をペニスの裏側に擦りつけてきた。ジョリジョリとした陰毛の感触も気持ち良くて、半分萎えたペニスがまた膨らみそうになる。

「いいですよ」と、つい純一は答えてしまいそうになる。

だがこの桐佳は、美冬に日々嫌がらせをし、あわよくばこの家から追い出そうとしているのである。そのことを忘れてはならない。

ただ、ここで無下《むげ》に断ったとして、それがなにか美冬のためになるだろうか。桐佳の嫌がらせは変わらず続くことだろう。

美冬を守るために自分のできることは――

「美冬さんへの嫌がらせをやめるなら、またセックスの相手をしてあげます」

純一がそう言うと、またしても桐佳の表情が変わった。

今度はムッとしたどころではなかった。明らかな苛立ちで眉間に皺を寄せ、純一を睨みつけてきた。

「相手をしてあげます？　この私に向かって……あなた、何様のつもりっ？」

ガバッと起き上がった桐佳は、荒々しい手つきで衣服を身につけていった。乱れた髪もそのままに離れから出ていってしまう。あっという間だった。

開きっぱなしの玄関の引き戸を眺め、純一は呆然とした。

第四章　ラブホテルの三人

1

袴田家の離れの一室に、卑猥な水音が響いていた。

チュプ、チュパ、ジュルッ、ジュププッ。

それはそそり立つ男根をしゃぶる音。美冬はひざまずき、せっせと首を振って、怒張した肉棒に朱唇を擦りつけていた

（純一さんのオチ×チンが、私の口の中で気持ち良さそうに震えている。なんて可愛いのかしら……）

美冬の前に仁王立ちする純一は、己の分身が美冬の口内に出たり入ったりする様《さま》をじっと見下ろし、吐息を乱しては、ときおり呻き声を漏らしている。

「あ、ああ、チ×ポが溶けちゃいそうです……うぐっ、くうぅ」

夜の十時過ぎに美冬がこの離れに来たのは、再来週に大学の前期テストを控えた純一のためにサンドイッチを作ったからだ。純一が、土曜の今夜は遅くまでテスト勉強をするというので、夜食作りを買って出たのである。

頑張って勉強している彼を応援したい。その気持ちに嘘はなかった。

だが、そこには淫らな下心も交《ま》ざっていた。それでも美冬は、これはあくまでただの親切心だと自分に言い訳し、手作りのサンドイッチを持っていったのだ。

案の定、純一は、サンドイッチを食べるより先に美冬に迫ってきた。

美冬さんのことを考えるとムラムラしちゃって、勉強が手につかないんです——切なげにそう言った。

自分のせいで彼は勉強に集中できないのだと、それを解消してあげるのは自分の責任だと、さらに言い訳を積み上げ、美冬は彼のペニスを口舌で慰めだしたのだった。

(純一さんのオチ×チン……とってもエッチな匂いが、喉の奥から鼻の方まで抜けてくるわ。ああん、たまらない)

若牡のペニスの臭気に、美冬はうっとりする。まだ風呂に入っていないので、一日分の汗の匂いは濃厚で、さらにアンモニアの刺激臭も混ざっていた。

その匂いを嗅ぐだけで、美冬はとても淫靡な気分に酔えた。亀頭や雁首を舐め回せば、塩気を帯びた牡肉の味が舌に広がった。美冬自身も淫気に取り憑かれた今、それはとても美味に感じられ、味がしなくなるまで舐め尽くす。

(凄く興奮する……。しゃぶっているだけでイッちゃいそう)

口の中にも性感帯はある。無論、乳首やクリトリスのような敏感なものではないが、硬く張り詰めた亀頭が上顎の裏側や舌に当たると、ゾクッとするような快美感が込み上げてくる。

そして身体で感じる以上に、心が愉悦に満たされていた。

悩ましげな表情で口淫の快感に打ち震える純一を見ていると、なんとも嬉しくなってくる。彼のことが可愛くて仕方なく思えてくる。

(こんないやらしいことをしているのに、なんだか小さな子供のお世話をしているみたいな気分にもなっちゃうわ)

亡き夫のペニスをしゃぶっても、こんな気持ちにはならなかった。

女盛りの性欲と母性本能が同時に満たされる不思議な感覚。

「くうっ……で、出ちゃいますよ、美冬さん……！」

尻込みするように腰を引いて、純一が切羽詰まった声を上げた。美冬は畳に膝をついたままにじり寄り、断末魔のペニスにさらに深く食らいつく。舌を躍らせ、首を振り立て、悶えるように脈打つ若勃起を最後まで追い詰める。

「おぅ、おおおっ……うぅーっ!!」

噴き出したザーメンが、みるみる口内を満たしていった。

癖の強い味わいのそれを、美冬は次々に飲み込んでいく。濃厚な牡粘液は喉にべっとりと絡みつき、青い性臭が鼻の奥をツーンと刺激した。味も匂いも喉越しも、すべてが本来なら不快を催すに充分なものだが、今の美冬にはまるで媚薬のように作用する。

(頭がどうにかなっちゃいそう。早く自分の部屋に戻ってオナニーしたい)

最近の美冬は、しばしば自分でも抑えられないほど性欲が昂ぶってしまう。

三十六歳、女としての盛りを迎え、身体は熟れる一方だが、とはいえ少し前までは自制が利かなくなるようなことはなかった。二年前に夫を亡くして、自分の性欲は涸《か》れたのだとすら思っていた。

原因はやはり純一に抱かれたせいだろう。若勃起に女の中心を貫かれたことで、眠っていたものがすっかり目覚めてしまったのだ。

美冬は指の輪っかで幹をしごき、すべて搾り尽くすと、ペニスを吐き出す。

それは少しも萎えておらず、むしろフェラチオ前より力感をみなぎらせているようにすら見えた。美冬の口から離れるや、バネ仕掛けのように跳ね上がって鎌首をもたげる。

「まあ、なんて元気なの……」

美冬が目を丸くすると、純一は面映《おもは》ゆげに顔を逸らす。が、

「やっぱり僕、口だけじゃ我慢できません。美冬さん、お願いです……」

そう言って美冬に擦り寄ってきた。

身体まで許す気はなかったが、内から溢れる淫欲に理性を冒《おか》され、美冬も伸びてくる彼の手を振り払うことができない。あっけなく押し倒されてしまう。

「いけません、純一さん、それ以上は……あ、あうっ」

純一の手が、着物の上前、下前を強引に掻き分け、太腿の付け根に潜り込んでくる。

「パンツ、ぐっしょりじゃないですか。僕のチ×ポをしゃぶって、美冬さんも興奮したんですね？」

事実なので反論できない。美冬が口籠《くちご》もっている間にも、純一の指がパンティの上から割れ目をさすってくる。股布越しのもどかしい感覚にますます女蜜が溢れ出し、濡れた感覚が尻の方まで広がっていく。

「ああん、わ、わかりました。セックスします。一回、一回だけですよ？　セックスして満足したら、テスト勉強、頑張ってくださいね？」

「はいっ」

散歩に連れていってもらえる犬のように目を輝かせ、純一はペニスを震わせた。

美冬は起き上がり、純一にズボンとパンツを膝まで下ろして仰向けになるよう促す。

そして自分は、下半身が丸出しになるほど着物の裾をめくり上げ、その端っこを帯の上から内側へ挟み込んだ。着物で用を足すときのやり方である。

（全部脱いで裸になったら、きっと本気のセックスになってしまうわ。そうなったら私自身が、一回でやめられなくなっちゃうかも……）

長襦袢も同様にめくって、裾を着物と帯の隙間に挟み込む。

たっぷりと女蜜を吸ったTバックのパンティを脱ぐと、彼の腰をまたいで、しゃがんでいった。まさに和式便所で用を足すときと同じ体勢である。

ペニスを握り起こして、先端を女陰の窪みにあてがう。張り詰めた亀頭に膣口の縁《ふち》がぐっと押し広げられ、それだけでゾクゾクするような快美感が走った。

心を逸《はや》らせ、美冬は一息に腰を下ろす。若勃起の先端がズンッと膣底に当たると、そこから痺れるような愉悦の波が広がり、思わず息を呑んだ。

「ふおっ……お、おふぅん……！」

口から勝手に恥ずかしい声が漏れた。羞恥に駆られた美冬は彼から顔を逸らすが、それでも昂ぶる肉欲は抑えられない。純一の胸板に両手をつき、呼吸を整えると、早速腰を振り始める。

（ああ、なんて気持ちいい……。やっぱり純一さんのオチ×チンは凄いわ）

過去二人の夫と比べると、ずっと大きく、そしてなにより硬い。

根元まで挿入すれば、肉壺が心地良い充足感に満たされた。肉の拳がポルチオの急所にめり込み、甘い圧迫感が愉悦となって、一突きごとに理性が麻痺していく。

大きく反った形状ゆえ、Ｇスポットへの引っ掛かりも素晴らしい。美冬はポルチオ派だが、Ｇスポットも充分に開発されていて、要するにどちらも気持ち良かった。両方の性感スポットを一緒に刺激するため、騎乗位の逆ピストン運動は自然に大振りのストロークとなっていく。

結合部から響く淫音もより激しくなる。純一は荒い呼吸を繰り返しながら、じっと美冬を見つめてくる。

「着物姿でセックスしている美冬さん、とてもいやらしいです」

美冬が日常的に着物を着るようになったのは、袴田家に嫁いでからのことだ。着物好きの義母の影響を受けたのである。

しかし世間一般では、普段から着物を着て生活している人は比較的珍しい。

純一にしてみれば、着物といえば初詣や成人式、結婚式といった晴れの日に着るもの。あるいは生け花をする人や、琴などの和楽器を演奏する人たちという印象だという。

「ああ……あと、お葬式の喪服もありましたね」

とにかく、そんな特別で上品な格好をしているのに、先ほどから肉棒を旨そうにしゃぶったり、男をまたいだ用便のスタイルではしたなく腰を振りまくっている――

それが純一の目には、ことさら淫猥に見えるのだそうだ。

「そんな、ああ……い、嫌ぁ、見ないでください」

彼の視線に込められているものを知り、さらなる羞恥に全身を燃え上がらせた。

だが、それでも嵌め腰は止まらない。気持ち良くて止められなかった。

(あ、あ……もう、イッちゃいそう)

純一のものをオシャブリし、濃厚な種汁をたっぷり飲んだ時点で、美冬の官能は激しく昂ぶっていた。

ただでさえ完熟期の女体は肉欲に弱いというのに、そのうえ心の興奮にも引っ張られれば、あっという間に性感が高まっていくのも当然のこと。美冬は半《なか》ば我を忘れて腰を躍らせ、己を追い詰めていく。

「んほお、私、イッちゃいますっ……イ、イクーッ!!」

甘美を極めた性悦の痺れが身体中に広がる。美冬は狼が遠吠えするように仰《の》け反《ぞ》り、叫んで、ガクガクと打ち震える。

(身体も、頭の中も、ドロドロに溶けちゃいそうだわ)

しばらくは息をするのもままならなかった。痙攣する手足でなんとか体勢を支えつつ、アクメの衝撃が治まるのをじっと待つ。

しかし、純一は待ってくれなかった。口淫で果てたばかりの彼は、まだ絶頂には至っていなかったのだ。

「美冬さん、イッちゃったんですか？」

「え、ええ……純一さんはまだですよね。ごめんなさい、少し休ませて……。そうしたら……」

「大丈夫ですよ。今度は僕が動きますから」

そう言うや、純一は膝を立て、着座した美冬の尻ごと腰を持ち上げる。ブリッジするような格好で、床との間にピストンのための隙間を作ってから、勢いよくペニスを突き上げ始めた。

未だ絶頂感を宿して蕩けている肉壺が、容赦なく貫かれ、内部を擦られる。美冬は目を白黒させて、途切れ途切れの悲鳴を上げた。

「待って……あっ……ダメッ……んおっ……ふ……ふぎぃ！」

「僕も、もうすぐイキますから、続けさせてください……ん、んっ」

純一の胸板に載せていた美冬の手。その手首を、純一につかまれる。

それは逃がさないよう捕まえるというよりも、置いていかないでとすがりついてくるような感じで、またしても美冬は母性本能をくすぐられる。

「くうぅ、わ、わかりました……でもお願い……は、早くウゥ」

「はいっ」

皮肉なことに、早く射精に達しようと彼が努力するほど、ピストンは加速し、アクメ直後の過敏な女壺が引っ掻き回されるのだった。

しかもその腰使いは、初めて彼と情交したときより明らかに巧みになっている。腰のストロークは淀みなく、一定のリズムをキープして肉棒を突き上げ続けた。強すぎず、弱すぎず、適度な力加減でポルチオが打たれ、子宮が揺さぶられる。

「ひいぃ、じゅ、純一さん……なんだか、とっても上手っ……ど、どうして!?」

しかし純一は美冬の質問に答えず、ばつが悪そうに苦笑いを浮かべた。なにかを誤魔化そうとしているみたいでもあったが、なにを誤魔化そうとしているのか、美冬にはもう考えることができない。気持ち良くてそれどころではない。

（またイッちゃう）

予感がした。先ほど以上のアクメの荒波が、じわじわと近づいてきている。全身が火照り、汗ばみ、着物の中で女体が蒸らされる。じっとりと張りついてくる長襦袢の感覚は、不快でありながら、なぜか官能を煽られた。衣服をまとったままの性行為は、全裸になってするよりもよほど破廉恥に感じられた。

理性が飛びそうになる。そのとき、

「イキます……うぐうっ、で、出るッ!!」

純一はひときわ力強く腰を突き上げ、膣路の最奥でザーメンを弾けさせた。勢いよくポルチオに当たる熱い粘液、そして脈打つペニスの感触が、美冬をさらなるアクメの寸前まで追い詰める。

「……ッ！」

あとほんの少し、背中をポンと押されただけで、美冬は絶頂のさらなる深みに落ちていただろう。

そんな状態のまま身体の奥でペニスの脈動を感じ、何度も忘我の境に足を踏み入れては、また我に返った。

射精の発作がやがて治まると、彼は美冬の手首をつかんだまま尋ねてくる。

「一回だけって約束だったけど……でも、僕、美冬さんをもっと気持ち良くしてあげたいです。駄目ですか……？」

それは単に、純一自身がセックスを続けたかっただけかもしれない。

しかし美冬もそれを望んでいた。極上のオルガスムスの間際まで追い込まれた肉体が、最後の一押しを求めて内側からざわめく。

(したい、したい、してほしい、なりたい、もっと気持ち良く……してくれるんですか、純一さん？　ああ、ああ、それなら……)

頭の中が桃色に染まって、まともな思考力が失われていく。

だが——ギリギリのところで美冬は躊躇った。

そして結局は、アクメの欲求を振り払う。彼の両手を手首から離させ、断腸の思いで膣路からペニスを引き抜く。

「……いけませんよ、約束は守らないと。純一さん、もう満足しましたよね？」

Tバックを穿き、めくり上げていた長襦袢と着物の裾を戻し、乱れた部分を手早く整えると、「それでは、テスト勉強頑張ってください」と言って、美冬は逃げるように離れを出た。

歩いていると、溢れ出してきたザーメンがみるみるパンティを湿らせる。張りついてくる股布の気持ち悪さが、なおさら後悔の念を誘った。

やはり、セックスを続けたかった。それを諦めたのは、自分の倒錯した願望を彼に知られたくなかったからだ。

もっと気持ち良くしてくれるのなら、私のここをいじってくれませんか——

喉元まで出かかったその言葉を、わずかに残っていた理性が食い止めたのだ。

母屋に戻った美冬は、すぐさま浴室へ向かい、若牡との情事の跡を洗い流す。女壺の中に残ったものを掻き出すまでして。

そして自室の布団に潜ると、夜が深まるなか、延々と自慰に狂うのだった。

2

純一のペニスをもってすれば大抵の女は虜にできると、以前、雛子は言った。

(全然そんなことないじゃないか)

周囲の学生たちがぞろぞろと教室を出ていくなか、純一は未だノートも広げたまま、溜め息をつく。

たった今、午前の講義が終わった。純一は教授の言葉も上の空で、気がついたら二限終了の鐘が鳴っていた次第である。

悩みの種はやはり美冬のこと。二度も身体を許してくれた彼女だが、純一とのセックスに夢中になっているようには思えない。純一の目的は、無論、美冬と恋仲になることだが、今のところ、セックス以外のアプローチの仕方がわからないので、自慢のペニスが通用しないとなるとお手上げだった。

(セックスさせてくれるってことは、僕のこと、嫌いじゃないんだろうけど……)

普段、美冬と接していて、ときに愛おしげな眼差しを向けられることもある。

だがそれは、母親が息子に向ける慈愛の眼差しのように思えた。そして純一が想いを込めて見つめ返すと、彼女は困ったようにさっと目を逸らしてしまうのだ。

(美冬さんからしたら、僕なんてまだまだ子供。恋愛の対象外なんだろうな)

どうすれば一人前の男として見てもらえるだろうか？

大人として認めてもらうには——やっぱりセックスなのだろうか？

そんなことを考えているうちに、教室に残った最後の一人となってしまう。お腹がグーッと鳴った。純一はノートや教科書を鞄にしまい、教室を出ると、学食へ向かいながら、講義中はオフにしていたスマホの電源をオンにする。

起動するやメッセージアプリが通知を表示。雛子からメッセージが入っていた。

夜、夕食を食べ終わった頃に、『今日は夜のご奉仕は必要？』というメッセージが送られてくることは珍しくなかったが、今回はそういう類《たぐ》いの用件とはまた別のようである。

メッセージの内容は、『お願いしたいことがあるので、今日の授業が終わったら、ちょっと付き合ってくれない？』というものだった。

（お願いしたいこと？）

少し気になる言い回しだったが、これまで彼女に迷惑をかけられたことはない。どんな頼みごとかはわからないが、それほど面倒なことではないだろう。ならば、特に断る理由はなかった。それに純一も、美冬のことで彼女に相談したい。

『いいですよ』と、メッセージを送り返す。今日の講義は三限までで、終わるのは十四時半だと伝え、『それで大丈夫ですか？』と確認する。

すぐに返信が来た。三限が終わる頃に、大学に迎えに来てくれるという。

（雛子さん、用事が済んだら、いつもとは違う趣向でご奉仕してくれるかもな）

ワクワクしながら学食で昼食を済ませ、その後、三限の講義を受けた。

講義が終わった後、スマホの電源をオンにすると、雛子から新たなメッセージが来ていた。

早めに来てしまったから、今は学食にいるという。

純一は学食に向かった。この大学の学食は、内装などは少々古びているが、安くてメニューも豊富。昼飯時はもう過ぎていたが、それでも多くの学生が集まっている。にもかかわらず、すぐに雛子を見つけることができた。壁際のカウンター席に彼女はいて、その辺りだけ妙に人が少ないのだ。

その原因は雛子ではなく——一緒にいる桐佳の存在だった。

胸元をふわふわのリボンで飾った白のブラウス。ダークグリーンのタイトスカートは長めのスリットが入ったロング丈《たけ》で、彼女の腰の見事なくびれを強調するハイウエストだ。その装《よそお》いはまるで英国辺りのお嬢様のようで、セレブの彼女に実によく似合っている。

そして左手の薬指だけでなく小指にも、また右手の人差し指と薬指にも凝った細工の指輪を嵌めていた。指輪を四つも嵌めているのに、それほど悪目立ちしていないのは、やはり彼女自体の存在感が強いからだろう。

なんとも高貴なオーラを放っていて、一般庶民の学生たちは近づけないのだ。

「な、なんで桐佳さんまで？」

早足で彼女らの元に行くと、戸惑う純一に向かって、桐佳が悪戯っぽく微笑む。

「なによぉ、その顔は。私が来たら迷惑だって言うの？」

説明を求めて雛子に目を向けると、彼女はごめんなさいという苦笑いを浮かべ、純一に手を合わせる。

「あのね、お願いしたいことがあるのは、私じゃなくて桐佳さまなのよ」

「桐佳さんが？」

その当人である桐佳は、この学食の名物スイーツである〝固めプリン〟を、涼しい顔で食べている。

「ふふっ、大学の食堂なんて馬鹿にしていたけど、これ、なかなか美味しいわね。まるでチーズみたいな、かなり硬めのプリンなのに、口に入れるとトロリと蕩けて、とってもクリーミーだわ」

さらにぱくりともう一口。「うん、苦味の強いカラメルソースも、このプリンにちょうどいいわね。大学の学食でこんな美味しいスイーツが食べられるなんて、ちょっと羨《うらや》ましいわ」

「……僕は食べたことありませんけどね」

なにしろそのプリンは、一つ五百円もするのだ。デザートなのに、この学食のカツ丼やラーメンより高い。その分、味は絶品だと、学生たちの間では評判だが、純一は未だ手を出せないでいた。

「食べたことないの？　あら、もったいない」

すると桐佳が、一口分をスプーンにすくって、差し出してくる。

「ほら、食べてみなさい」

「え……？」

「なぁに？　私のプリンは食べられないっていうの？」

「い、いや、そうじゃなくて……だって、そのスプーンは……桐佳さんは気にならないんですか？」

今まで桐佳が使っていたものだ。間接キスになってしまう。

純一の躊躇いを理解した桐佳は「バカね」と笑う。

「この間、セックスまでしたのに、なにを今さら恥ずかしがっているのよ」

途端に辺りが静かになった。会話はおろか、食事の音すら止まる。

桐佳たちから少し離れて座っていた学生たちも、やはりセレブ美女に興味があったのだろう。じっと聞き耳を立てていたようだ。

「ちょっ……な、なに言ってるんですか」

「だからセックスしたでしょうって……ああ、そういえば、あのときにキスもしたじゃない。だから間接キスくらい、気にすることないわよ。ほら」

スプーンが純一の鼻先に突きつけられる。周囲の学生たちは顔を強張《こわば》らせていて、真っ赤な顔でうつむいている女子もいる。

純一も顔が熱くなるのを感じながら、スプーンを口に入れる。せっかくのプリンの味もわからず、ゴクリと呑み込んだ。

桐佳が食べ終わると、トレイなどは当然のように雛子が返却口へ持っていく。プリンに満足した桐佳は、「さ、行きましょう」と言って、実に自然に純一と腕を組んできた。

離れてくださいと言って、離れてくれる桐佳ではない。雛子が戻ってきたら、純一は早足で出入り口に向かう。擦れ違う学生たちが、いかにも平凡な男子学生とセレブ美女の奇妙なカップルを、好奇の眼差しで見つめてきた。その中には、純一と同じ学科で、たまに一緒に昼食を食べるような者たちもいた。

（ああ、明日会ったら、なに言われるんだろ）

生まれて初めて視線が痛いと感じる。

桐佳たちは車で来ていた。大学の近くのコインパーキングに車を停めていて、雛子が運転席に入る。桐佳に引っ張られるようにして、純一は後部座席へ。

シートに座ると、純一は桐佳をジロッと睨んだ。

「どういうつもりですか？　僕を困らせて楽しんでるんですか？」

「ああん、怒っちゃった？」桐佳は未だに純一の腕に絡みついていた。弾力のある胸の膨らみが、ムニュッと純一の二の腕に押しつけられる。

「うふふっ、じゃあ、悪い子の桐佳にお仕置きしてぇ」

まるで甘えん坊の少女のような物言いだった。幼い頃の彼女は、こんなふうに大好きな兄に甘えていたのでは――と思えるような。

車が走りだすと、運転席の雛子が説明してくれる。「今からホテルに行くから、そこで桐佳さまのお相手をして」と。

なんでも桐佳は、純一とセックスしたことを雛子に話したらしい。

そして雛子も、「実は私も――」と、桐佳に打ち明けたそうだ。毎晩のように雛子が純一とセックスしていることを知って、桐佳は不機嫌を露わにしたという。それが昨日のことだとか。

桐佳は、夫との妊活セックスの質にも量にも不満なのだ。にもかかわらず、使用人の雛子が毎夜の如くいい思いをしているのが気にくわなかったらしい。

そして今日、桐佳は唐突に「純一とセックスしたいからセッティングして」と、雛子に命じたのだった。

「そういうわけでよろしくね、純一くん。桐佳さまをご満足させてあげて」

「よろしくねって……」

なんとも無茶苦茶な話だが、そもそも純一には桐佳の気持ちがわからなかった。

「桐佳さんは、なんで僕と……。この間のこと、怒ってないんですか？」

先日、離れでセックスした後、純一が「美冬さんへの嫌がらせをやめるなら、またセックスの相手をしてあげます」と言ったことで、桐佳を怒らせてしまったのだ。

まさか桐佳が再び自分とのセックスを望むとは、思ってもみなかった。

桐佳は少しだけ目元を険しくし、

「もちろん、この間のことはまだ赦してないわよ。あなたみたいな生意気な子、初めて見たわ」

人差し指で純一の鼻先を弾いてくる。痛い。

「でも、あなたとのセックスが気持ち良すぎて、夫とのセックスがますますつまらなくなっちゃったの。あなたのせいなんだから、ちゃんと責任取りなさいよね」

「僕のせいって言われても……」

「もう、男のくせにごちゃごちゃ言わないっ。この私がさせてあげるって言ってるんだから、もっと喜びなさいよぉ」

桐佳の指が、今度は鼻をギュッとつまんできた。それから彼女ははにかむように目を逸らし、ぼそぼそと呟く。

「……あの人には、あれ以来、嫌がらせはしていないわ。それならいいんでしょ？」

あの人とは、美冬のことに違いない。

美冬への嫌がらせをやめたということは、つまり、離れでセックスをしたあの日から、桐佳はすでに、再び純一に抱かれることを望んでいたということである。

ということは、雛子のことをうらやんだとか、夫とのセックスの不満だとかは、ただの口実なのかもしれない。桐佳にとってあの日のセックスは、それほど良いものだったということか。だとすると、男としては実に誇らしい。

(……そういうことなら、まあいいか)

美冬を嫌がらせから守ることができる。そのためなら、桐佳とセックスすることもやむを得ないだろう。純一は心の中でそう呟く。

が、それもまた口実かもしれない。桐佳のような美人とのセックスは、純一だって正直嬉しかった。

「わかりました。お相手します」

「そう、良かった。うふふっ」桐佳は狐目でにっこりと笑う。「この間みたいに、いっぱい気持ち良くしてちょうだい。その代わり、私もサービスしてあげるから」

現金なもので、桐佳とセックスすると決めると、身を擦り寄せて甘えてくる今日の彼女が、純一には、なんだか妙に可愛く思えてくるのだった。

3

車で十分ほど走ると、県内でも有数のターミナル駅の駅前に出た。大きな商業ビルが集まり、有名ホテルなどの宿泊施設も多い。

ただ、車は駅前から少し離れたところへ向かった。大通りから外れて、左右を背の高い建物に挟まれた薄暗い道へと進んでいく。やがて、まるで映画のセットのような、フランスやイタリアを思わせるオシャレな建物が見えてきた。車はその建物の中へ入っていった。

「雛子さん、ここって……」

「うん、ラブホテルよ」

それを聞いた桐佳が、渋い顔をする。

彼女はこれまで、たとえばその場限りの男と火遊びをするようなときでも、それなりに高級なホテルを選んできたそうだ。

「こういうホテルって、なんていうか下品で安っぽいイメージなんだけど。私、そういうの、好きじゃないのよね。せっかくの気分が白けちゃうから」

雛子は苦笑いを浮かべて、まあまあとなだめる。

「そういうラブホテルもありますけど、今日はそんなに下品ではないところを選びましたから……。それにラブホテルには、普通のホテルにはないものがいろいろとあるんですよ」

ラブホテルといえばカップルで利用するというイメージだが、最近では複数人で利用できる部屋、いわゆるパーティールームがあるところも増えてきたという。

雛子は事前に予約を入れていたようで、駐車場からフロントへ移動し、「予約した市原ですが」と伝えると、すぐにカードキーが渡された。

三人でエレベーターに乗ると、純一は今さらながら尋ねる。

「あの……もしかして雛子さんも一緒にするんですか？」

純一としては、今日の雛子の仕事は〝情事の場所を手配し、そこへ桐佳たちを送り届ける〟ところまでなのだと思っていた。それだけの役割なのだろうと。

しかし彼女は、わざわざ三人で利用できるラブホテルの部屋を選び、今こうして一緒についてきている。

あるいは、あくまで使用人として同行しているのかもしれない。いつ桐佳が命令してきてもいいように、部屋の隅の方でずっと待機しているつもりなのかも。

そんなふうにも純一は考えたが、果たせるかな、雛子はにこやかに頷く。

「もちろん私もするわよ。純一くん、３Ｐなんて初めてでしょう？　うふふっ、思いっきり気持ち良くしてあげるからね」

純一は桐佳を見た。目が合うと、桐佳はフンと鼻を鳴らす。

「どうしても自分も交ぜてほしいって、雛子さんがお願いしてきたからよ。言っておくけど、私を気持ち良くすることを一番に優先しなさいよ？」

「は、はい」

雛子の言うとおり、人生初の３Ｐである。しかもセレブ美女の桐佳と、ダイナマイトボディの雛子が相手という贅沢さ。純一の胸はさらに高鳴った。

エレベーターが目的の階に到着し、カードキーでロックを外して部屋に入ると、「へえ……」と、桐佳が呟く。「思ったより悪くないじゃない」

純一もラブホテルは初めてだが、やはり桐佳と同じ感想だった。

いや、悪くないどころか、部屋の様子はなかなかに上品で、少しも安っぽさを感じさせない。白と黒を基調にした内装は実にシックで、むやみに淫らな雰囲気を盛り上げようとはしていなかった。照明も柔らかな光で室内を満たしていた。

(オシャレなシティホテルって感じだ)

パーティールーム仕様だからか、部屋はなかなか広く、ソファーやテーブルも五、六人で使えるくらいに大きい。冷蔵庫や大型のテレビだけでなく、マッサージチェアまで備わっていた。そしてキングサイズと思われるベッドが、見事な存在感で二つ並んでいた。

ただ、窓が一つもないのが普通のホテルとは違うところだろう。それに冷蔵庫の隣には、ローターなどのアダルトグッズやコンドームの自動販売機が設置されていた。

興味津々《しんしん》で純一が自動販売機の品揃《しなぞろ》えを眺めていると、早くも桐佳と雛子が服を脱ぎ始める。自分の身体に自信たっぷりの桐佳は、相変わらずの堂々とした脱ぎっぷりだったし、雛子は３Ｐへの淫らな期待に心を躍らせているという様子。あっという間に二人とも生まれたままの格好へ。

「おおっ」と、思わず純一は呟いた。

肉づきとくびれのバランスが完璧な桐佳の美ボディの輪郭と、はち切れんばかりの雛子のムチムチ肉のボリューム。

見比べるとそれぞれの長所が際立《きわだ》って、なおさらに興奮させられる。乳房の形や大きさだけでなく、乳首の色もそれぞれ違う。どちらもピンクだが、桐佳の方は淡い色合いで、雛子のそれは実に鮮やかだった。

そして陰毛の様子も違う。桐佳のヘアは薄めで、綺麗な逆三角形に整えられていたが、雛子の方はよく茂り、自然な感じでふんわりと恥丘を覆っていた。

純一も急いで服を脱ぎ捨て、充血を始めたイチモツを露わにする。

「なによ、もう大きくなっているじゃないの。ふふん、まったくしょうがないオチ×チンねぇ」

「ああん、どんどんムクムク膨らんでいく。ほんと、元気いっぱいで可愛いわぁ」

女たちの視線を浴びて、瞬く間にフル勃起した。

すぐにでも嵌められるが、せっかくラブホテルに来たのだからと雛子に勧められて、純一と桐佳はバスルームへ向かう。

袴田家の家族用の大浴室も、その豪邸にふさわしくとても大きかったが、ここのバスルームもそれに負けていない。カップルでの利用ならもちろんのこと、三人、四人で入っても余裕のある広さだった。

桐佳が壁際に立てかけられているものに気づく。ビニール製のかなり大きなエアーマットだ。色はシルバー。上と下の両端が枕のように膨らんでいる。すでに空気の入った状態である。

「これってプールなんかで使うやつじゃない。これを浴槽に浮かべるの？」

桐佳は不思議そうに首を傾げたが、純一には、そのマットの正しい使い方に心当たりがあった。ラブホテルでマットといえば――

「ソーププレイですよ。桐佳さま、ご存じないですか？」

雛子が遅れてバスルームに入ってくる。彼女の手には、先ほど自動販売機で見かけたボトルが握られていた。プレイ用のローションのボトルである。

雛子は洗い場にエアーマットを敷き、その上でローションのボトルを開ける。

「このローション、お湯で溶く必要のないタイプなんですって。すぐに使えるから便利ですよね」

琥珀《こはく》色のトロトロの液体を直に掌に垂らす。「さあ、桐佳さま、こちらへ」

桐佳がマットに乗ってくると、雛子は、彼女の形良い美乳にヌルッとローションを塗りつけた。

「きゃっ？　やだ、なにするのよぉ」

「ローションでヌルヌルになった身体を擦り合わせるんです。気持ちいいですよ。純一さまもどうぞ」

雛子の呼び方が〝純一くん〟から〝純一さま〟に変わった。彼女のご奉仕が始まった証《あかし》である。

ローションで滑って転ばないように、三人とも、デコボコしたマットに腰を下ろした。シングルベッドより一回り大きいサイズで、三人で乗っても窮屈《きゅうくつ》ということはない。

代わる代わるボトルを手に取り、三人で、お互いの身体にローションを塗りつけていった。本当のソーププレイは、ローションにボディソープも混ぜるらしいが、今はそこまでする必要はないだろう。

琥珀色《こはくいろ》の液体は甘く香り、瞬く間にバスルームを芳香が満たしていく。

桐佳と雛子の四つの手、二十本の指が純一の胸板を滑り、乳首をいじり回した。

「う……ううっ」

妖しい乳首の悦に純一が呻くと、女たちは淫靡《いんび》に微笑み合い、男の小粒の突起をますます執拗に弄《もてあそ》んだ。

さらに脇腹や背中までローションを塗り広げていく。サラサラしたぬめりが甘美な摩擦感を生み、どこを撫でられてもくすぐったくて気持ち良かった。

純一も負けじと、二人の乳房に手を伸ばす。ゴムボールのように張りのある桐佳の膨らみを、そして片手には到底収まりきらない雛子の爆乳の肉房を、せっせと揉みながらぬめらせていく。ローションをまとった乳肉は、ヌルリヌルリと、掌の中から逃げるように滑った。

無論、乳首にはよりいっそう丁寧に塗り込む。突起がコリコリにしこると、桐佳は喘ぎつつも怪訝そうに眉をひそめる。

「ううん……ねえ、これ、本当にローションなの？　見た目といい、匂いといい、まるでメープルシロップなんだけど」

「はい、メープルシロップ風のローションなんです。舐めても大丈夫らしいですよ」

雛子はローションにまみれた己の指を咥え、チュパチュパとしゃぶってみせた。

「……うん、甘くて美味しいです。ちょっと癖がありますけど」

「ほんとですか？」

純一は、今度は雛子の乳房に狙いを定める。琥珀色のシロップにコーティングされた肉房は、まるでパンケーキのようで、なんとも食欲をそそった。大きく口を広げて乳輪ごとパクッと食いつき、レロレロと乳首を舐め転がす。

確かに甘い。さすがにメープルシロップそのものということはなく、少々薬品っぽい風味も混じっているが、まずいというほどではない。

「ああ、やぁん、純一さま……そんなに舐めたら、せっかく塗ったローションがなくなっちゃいますぅ」

「また塗りますよ」

純一の口は、二人の乳房の間を行ったり来たりする。どんどんローションを垂れ流し、早くもボトルが軽くなってきた。

女たちも甘ったるい声を上げながら、フル勃起状態のペニスにローションを塗りつけてくる。桐佳が指の輪っかで雁首をしごけば、雛子の手は陰嚢を撫でるようにマッサージした。

（ううん、手でしてもらってるだけなのに、ローションのおかげでこんなに気持ち良くなるなんて……）

溢れるカウパー腺液に尿道が熱くなる。

雛子は、とうとう鈴口の内側まで指先を擦りつけてきた。ムズムズするような快美感に、純一は腰をくねらせ、ひくつかせる。

その後は、三人でぴったりと身を寄せ合った。身体のぬめりを擦りつけ、擦りつけられ、組んずほぐれつ。自分も相手も、隅から隅までヌルヌルにする。

「ね、純一、ギューッてしてぇ」

「は、はい」

純一と桐佳は、互いに膝立ちになって正面から抱き合い、胸と胸をヌチャヌチャと擦り合わせた。さらに純一は、そそり立つペニスの裏側を桐佳の下腹に擦りつけた。

と、背中から雛子が擦り寄ってきて、純一は女体でサンドイッチ状態にされる。

雛子の手が純一の股間に回り込み、ペニスを握ってくる。

「純一さま、〝素股〟ってご存じですか？」

耳元でそう囁くと、雛子はペニスを握り下ろした。反り返る鎌首が、ヌルッと桐佳の股ぐらに潜り込む。

「桐佳さま、股をギュッと閉じて、純一さまのオチ×ポを挟み込んでください」

「こ、こう？　んんっ」

太腿の付け根で挟まれたイチモツは、適度な筋肉で引き締まった内腿に心地良く圧迫された。純一は本能的に腰を前後に振り始めた。

初めての素股は、フェラチオやパイズリなどとはまた違う快感をもたらしてくれる。腰を振って愉悦が得られる感覚は、まさに疑似セックス体験だった。

純一の射精感が高まっていく。そして桐佳も悩ましく悶える。

「や、ああん、これ、私も気持ちいい……。クリトリスが、ああっ、擦れるぅ」

上向きの肉棒が桐佳の股ぐらを往復するたび、割れ目にめり込んだ雁エラがクリトリスに引っ掛かっていくのだ。

「もっと早く動いて。もっとグリグリ擦りつけて」

「ううぅ、僕、イッちゃいそうです」

膣穴から浸み出す天然ローションのおかげで、ぬめりは絶えず補充され、摩擦快感はどこまでも続く。

後ろから抱きつく雛子のHカップも、男心を大いに乱した。たっぷりの乳スポンジを擦りつけられ、コリコリになった乳首が背中を這い回る感触にゾクゾクする。

「イ……イキたいなら、イッちゃいなさい。うふぅん、どうせ、まだまだいっぱい出せるんでしょう？」

そう言って桐佳はフフッと笑う。熱い鼻息が耳の穴をくすぐる。

それならばと、純一は遠慮なく腰のストロークを加速させる。たちまち限界を迎え、勢いよく本日の一番搾りを噴き出した。

「うおぅ、ううーっ、あぁぁ……!!」

ザーメンが桐佳の股の間を抜け、二メートル近く飛ぶ。飛沫は次々とバスルームの壁に当たり、そのまま垂れることなくベッタリと張りついた。

「あぁん、純一、イッたのね？　うふっ、純一のアソコがビクビク震えてるわぁ」

割れ目を擦られまくった桐佳はすっかり火がついたようで、射精の発作が治まるや、ハグを解いて仰向けに寝っ転がり、はしたなくもM字に大きく股を広げる。

「さあ、ちょうだいっ……オ、オチ×チン！」

と、挿入を急《せ》かすのだった。

桐佳の股間を覗き込むと、琥珀色のローションを洗い流す勢いで愛液が溢れ出し、女陰を溺れさせていた。

花弁状の襞に囲まれて息づく膣口は、しきりに閉じたり開いたりを繰り返し、その有様はまるでペニスを待ち望んでウズウズしているよう。

（めちゃくちゃエロいな。このオマ×コ……）

それを見た純一は、沸々と嗜虐心が湧いて、逆に焦らしてやりたくなる。

それにせっかくのローションプレイ、せっかくの３Ｐなのだ。本番に挑む前に、普段はできないような前戯をもう少し愉しみたい。

クリトリスを剝いて、ローションをたっぷり垂らす。割れ目に舌を擦りつけ、メープルシロップ味の肉豆を舐め転がす。

「れろっ、れろれろっ……んん、桐佳さんのオマ×コは、酸味が強めのプレーンヨーグルトっぽい風味なので、メープルシロップの甘さが加わってちょうどいい感じですね」

「あら、それは美味しそうですね」

「や、やだぁ、アソコの味なんて説明しないで……はううン」

純一は小陰唇も口に含み、コリコリした歯応えを愉しんだり、唇で挟んでどこまで伸びるか引っ張ってみたりした。

そして中指を一本、ひくついている膣口にズブッと差し込む。

「やあっ、んんっ……！　ゆ、指じゃなくてオチ×チンを……あ、あ、そこはっ」

純一は中指の第一関節を曲げて、Ｇスポットの膣肉を引っ掻き、高まっていた女体を一気に追い詰めていった。

「いやあぁ、イッちゃう！　あ、あっ、待って、今は……！」

桐佳は悩ましげな表情で雛子を見た。Gスポットの悦で派手に昇り詰めるところを、使用人に見られるのが気になるのだろうか。

純一はニヤリとして、雛子に声をかける。

「さあ、面白いものが見られますよ」

すると雛子は早速、どれどれと覗き込んできた。

純一はクンニをやめて身体を起こすと、片手で膣穴を引っ掻き回しつつ、もう片方の手は桐佳が股を閉じられないよう、膝をつかんで押さえ込む。反対側の膝は雛子に押さえさせた。

「あ、あっ、嫌よ、こんなの……ダメッ、雛子さん、見ないでぇ」

しかしその声は妙に艶めかしく、両脚の抵抗も弱々しい。

気の強い桐佳がもし本気で嫌がっているなら、もっと全力で暴れたことだろう。やはり桐佳は、心の底では、みっともなく淫水を漏らすさまを見られたがっている。屈辱に悦びを覚えるタイプなのだ。

雛子もそれに気づいたらしく、桐佳の命令に背いて、アクメを間際《まぎわ》に控えた女陰に熱い視線を注ぐ。「申し訳ありません、桐佳さま。でも今は、純一さまもご主人様なので……」

やがて泣きどころへの執拗《しつよう》な指ピストンに、桐佳はとうとう音《ね》を上げた。

「アアーッ、もう無理、我慢できない……で、出ちゃうウウーッ!!」

バスルームのタイルに断末魔の嬌声が響き、尿道口から勢いよく液体が飛び出す。

「わ、凄いっ」と、雛子が目を輝かせた。

どうやら潮吹きを見るのは初めてのようである。あるいは雛子は、あまり潮吹きをしない体質なのかもしれない。

(いや、桐佳さんが潮吹きしやすいのか……?)

これまでに何度も潮吹きの経験があったらしいから、そうなのかもしれない。羞恥と屈辱に弱い桐佳が、はしたなくも淫水を漏らしやすい体質というのは、皮肉というか、なんとも面白い心と身体の関係だ。

純一は、アクメに蕩けた桐佳の美貌を、薄笑いで見下ろす。

「あーあ、また漏らしちゃいましたね」

「う、うぅ……だ、だから、オシッコじゃないって言ってるじゃない……あ、ちょっと、おおっ」

未だ打ち震えている濡れ肉の穴に、純一はなおも中指の抽送を続けた。

ジュポジュポと指マンを施しながら、桐佳の右隣に添い寝する。横臥の体勢になって、乳丘の突起に吸いついた。そして雛子にも目で合図を送る。

雛子は一瞬躊躇したが、それが桐佳を悦ばせることだと理解したのだろう。桐佳の左隣に横たわると、空いている方の乳首をチロチロと舐めながら、左手でクリトリスへの指奉仕を始めた。

「ああっ、待って、雛子さんまで……あ、いや、ひぃぃン」

二人がかりの愛撫に、ますます桐佳は悶え狂う。女同士だけあって、クリトリスをいじる雛子の手技は、きっと純一よりも遙かに巧《たく》みなのだろう。

しかしその雛子が、純一に様々なテクニックを伝授してくれたのだ。今度はGスポットを指の腹で圧迫する。グッグッグッと一定のリズムで指圧すると、擦られるのとはまた違う快感になるのだそうだ。

乳首も舐めたり吸ったりするだけでなく、ローションでヌルヌルになっているところに上の前歯を擦りつけたり、ときには乳輪ごと咥えてもぐもぐと甘噛みしたりする。

乳首とクリトリス、そしてGスポットの三所攻《みところぜ》めに、桐佳は早くも次のアクメを極めた。

「またイクッ……あぁぁ、イクイクイクーッ!!」

純一たちを弾き飛ばす勢いで、桐佳の身体が仰け反る。

淫水が弧を描き、ビニールのマットに音を立てて飛び散った。

4

桐佳の連続潮吹きを見て、純一も情欲をたぎらせた。痛いほどに勃起したイチモツをなだめるため、いよいよ本番に挑む。

（どちらから先に相手してもらおうかな）

少し考えて、純一は雛子を誘った。雛子は複雑そうな顔で首を傾げた。

「私が桐佳さまより先に頂いていいんでしょうか……？」

しかし桐佳は立て続けの絶頂にぐったりしている。少し休ませた方がいいだろう。

そう説明すると、雛子は納得してくれた。

純一はエアーマットで仰向けになり、雛子に騎乗位を促す。

エアーマットに膝をついて純一の腰をまたぎ、手際良くペニスを挿入させる雛子。

ヌルヌルと滑って体勢は不安定だが、彼女は確実に若勃起を収めていく。

「んふぅぅ、純一さまのオチ×ポが……ああ、今日もとっても気持ちいいです」

雛子は挿入するだけで夢見心地の笑みを浮かべた。

幹の根元まで嵌まり込むと、純一は雛子の両手をつかんで引き寄せる。彼女の上半身が倒れ込んでくると、純一はその背中に両腕を回して抱き締めた。

「あん、これ……」

「はい、この間、雛子さんが教えてくれたやつです」

女性が覆い被さってきて、身体を重ねるタイプの騎乗位。

これを〝本茶臼〟というのだと、雛子が教えてくれた。純一は、そんな名前は初めて聞いたが、この体位自体はAVで何度か見たことがあった。

今この体位を選んだのは、セックスをしながら女体を抱き締めるには、このスタイルが一番適していると思ったからである。つまりはローションまみれになった雛子の肉厚ボディを全身で感じてみたかったのだ。

彼女の背中に回した両腕に力を込め、ギュッと抱き締める。

「おおう……」

その心地良さに、思わず溜め息を漏らした。

身長は低めの彼女だが、ふっくらした肉づきの身体は実に抱き応えがあった。爆乳は二人の胸の間で押し潰され、ぴったりと張りついていた。

「重くないですか、純一さま……？」

心配そうに尋ねてくる雛子に、純一は「いいえ」と首を振る。

確かにしっかりとした重みがのしかかっていたが、それも悪くなかった。

エアーマットの端の、枕のような膨らみに足の裏を当て、純一は軽く膝を立てる。

そして腰を突き上げ、ピストンを始めると、ぬめる女体が前後に揺れた。

ローションのおかげでムチムチした肉が吸いついてきて、互いの身体が一つになってしまいそうな密着感を生む。

そして膣壺の中でも、プリプリの膣肉がペニスに張りついてきて、たまらない摩擦快感をもたらした。雛子の身体は内側も外側も、実に素晴らしい肉感である。

純一はせっせと腰を振り立て、肉の拳でポルチオを打ちのめした。

「んほぉ、おおぅん、お、奥っ……い、イッ……いいです、んはぁ、ああっ」

犬のように舌を出して、破廉恥なアへ顔で喘ぐ雛子。純一は首を持ち上げ、彼女の舌に自分の舌を撫でつける。雛子はうっとりした顔で唇を重ねてくる。

すると、いつの間にか身体を起こした桐佳が、不満そうな声を上げた。

「ちょっとぉ、雛子さん、早く終わってくれる？　さっさと交代してちょうだい」

連続アクメの衝撃も落ち着いたようだ。桐佳は頬をぷーっと膨らませると、さらに純一の耳をつまんで引っ張ってきた。

「純一も、なぁに恋人同士みたいなセックスしてるのよ。もっと激しく責めて、雛子さんをイカせちゃって！」

まるで拗ねた子供がちょっかいを出してきているようである。

（もしかして、焼き餅焼いてるのか？）

純一は、ますます桐佳が可愛く思えてしまうのだった。

「わかりました。ちょっと待っててください」

そう言って、雛子の背中をそっとくすぐる。

五本の指を熊手のようにしてヌルヌルの背中に滑らせると、雛子は小さな悲鳴を上げてビクッと跳ねた。

「やん、ああん、くすぐったい。ダメです、純一さま」

「でも、気持ちいいでしょう？」

くすぐったさと快感は紙一重だと、教えてくれたのは雛子だ。

「さあ、桐佳さんも手伝ってください」

「私も？　な、なにをすればいいのよ」

純一は桐佳を促し、雛子の脇腹をくすぐらせる。

これまでのセックスで、雛子はどれだけ愉悦に乱れても、どこか冷静さというか、余裕のようなものを残しているように見えた。だが今は、明らかに動揺した様子で、純一の上でビクンビクンと身悶える。

「ヒイッ……！　ま、待ってください……やめっ、ああ、い、息がァ……ふおぉ、ホッ、ホオオッ！」

　こんなにあられもなく乱れ狂っている雛子を見るのは初めてだった。

　純一も、雛子とセックスをするときによくくすぐられる。もしかしたらそれは、彼女自身がくすぐられて快感を得たいと思っているからかもしれない。その願望の裏返しなのかもと、純一は思った。

　純一は脇腹も自分が担当し、代わりに桐佳に、雛子の足の裏をくすぐらせる。

　雛子は随喜の涙を流してよがり狂った。くすぐったさで力が抜けるのか、膣路の締めつけも少し緩む。だが、元が強烈だっただけで、未だペニスは充分な快感に包まれていた。

「僕、そろそろイキそうです。雛子さんは？」

「アヒーッ、わ、私も、いひっ、イキますッ……！　ふひゃ、おほっ……く、くしゅぐったい、気持ちヒイィ！」

　純一はとどめのピストンを轟かせ、雛子を絶頂へ導く。そしてほぼ同時に自らも達し、肉壺の奥にザーメンを噴き上げた。

「いっ、イクーッ！　ひあぁ、しゅごい、こんな……イク、イクぅ、ンンーッ‼」

「く、くうぅ、僕も、で、出る……ウ、ウーッ‼」

何度も幹をしゃくらせては、マグマのような精液に尿道を焦がす。

二人の腰の痙攣が治まっていくと、雛子はよろよろと危なっかしげに身体を起こし、転がるように結合を解いた。ひっくり返ってゼエゼエと喘ぎつつ、ご主人様の桐佳にこう告げる。

「お……お待たせいたしました、桐佳さま、どうぞ……」

純一のペニスはまだまだ精力を残し、青筋を浮かべて反り返っていた。

さすがに多少は張りが失われていたものの、女壺に潜り込ませて軽くピストンすれば、すぐに完全勃起状態へ戻るだろう。

フンッと気合いを入れて純一も起き上がり、

「ふう……じゃあ桐佳さん、仰向けになってください」

そして、マングリ返しの体勢を要求した。屈辱的なポーズだが、いかにも渋々という態度を振る舞いつつ、結局桐佳は素直に言われたとおりにする。

自らの両手で膝の裏を抱えると、白日の下に晒すかの如く、しとどに濡れた恥唇をあからさまにした。

「よくできました。ありがとうございます」

「も、もう、なんで私がこんな格好を……ほら、してあげたんだから、早くぅ」

純一は膝をついてペニスを挿入する。覆い被さった方が深く差し込めるが、あえてそうしない。桐佳は膣底への強い刺突を好まないし、純一もあくまでGスポットで彼女を狂わせたいと思っているからだ。

膣壺の角度が上向きになった分、反り返った亀頭は、より強く肉路の天井に引っ掛かるようになった。

「あぁ、うっ！　ま、また、そこぉおぉ……あひっ、あっ、そんなに、そこばっかりされたら……お、お肉ぅ、削れちゃうぅ……う、うひーっ！」

口では文句を言いながら、細い狐目を淫靡に歪《ゆが》めて桐佳は身悶える。

純一もハイレベルな膣圧と存在感のある肉襞の凹凸に、奥歯を噛んで唸った。

と、エアーマットの隅にひっくり返っていた雛子が、のそりと起き上がって純一に擦り寄ってくる。「純一さま、私はどうしましょうか……？」

くすぐり責めがよほど効いたのか、雛子はまだ少し吐息を乱し、肩を上下に揺らしていた。

もう少し休んでもらっていてもいいのだが、やはり雛子はご奉仕がしたいのだろう。

純一は少し考えて、彼女の耳元に囁く。

雛子は目を丸くして、「ええっ？　そ、さすがにそれは……」と躊躇った。

が、純一が「大丈夫ですから」と再度促すと、雛子は一応信じたようで、「は、はい……」と頷いた。

雛子は四つん這いで、桐佳の頭の方へ移動する。そして、

「あの、桐佳さま……し、失礼します」

後ろ向きの体勢で、雇い主の娘の顔面にまたがっていった。

「ちょっ……な、なにする気？　雛子さん、やめて、やめなさいっ」

桐佳は声に怒りを滲ませ、使用人に命令する。しかし、純一はそれを許さない。いったんピストンを止めると、

「桐佳さん、ここに来る前、車の中で言ってましたよね？　お仕置きしてって」

これがお仕置きですよと、笑顔で告げた。

絶句して美貌を強張《こわば》らせる桐佳に、容赦なく指示する。

「いいですか、雛子さんのオマ×コを舐めて気持ち良くしてあげるんです。やり方はわかりますよね？　さあっ」

マングリ返し状態の桐佳の美臀に、横からスパーンッと平手打ちを入れた。

「アウウッ……！　ひ、酷いわ、この私が、なんでそんなことを……」

一見、桐佳の顔は、本当に嫌がっているようにも見える。だが彼女の淫らな肉穴は、キュッキューッと悦びに打ち震えていた。

なんの抵抗もせず、未だ健気《けなげ》に自分の両膝を抱えてマングリ返しを維持している。それこそが、桐佳がこの状況を受け入れている証だった。純一が頷いてみせると、雛子も覚悟を決めたようで、蹲踞のポーズで桐佳の顔面に恥辱を迫らせる。

先ほど純一がたっぷり注ぎ込んだ白濁液が、開いた割れ目の奥から溢れ、ドロリ、ボタボタと、桐佳の口元に滴り落ちていった。

「う……う、うぅう……ん、れろぉ」

桐佳はしばらく悔しそうに唸っていたが、やがて観念し、牡と牝の淫臭を放つ肉裂に舌を這わせ始める。

純一もピストンを再開し、ザラザラした肉壁をリズミカルに擦り立てた。すると桐佳は、ものの数分であっけなく達してしまった。

「んぐ、う、んんぅ……！　ま、待って、ダメ、私、イッちゃうわ、ああっ、イクッ、イックううぅ!!」

潮吹きも三度目となると、さすがに液の量も減る。小水の最後を絞り出すみたいに、ピュッピュッという感じで飛び散った。

「桐佳さん、もうイッちゃったんですか？」

これだけ早かったのは、肉体的な快感のせいだけではないだろう。顔面騎乗による強制クンニの屈辱が、桐佳のマゾ心を昂ぶらせ、あっという間に昇り詰めてしまったのだ。

「まだですよ。頑張ってオマ×コ舐めて。雛子さんがイクまで終わりませんからね」

そう言って純一は腰を振り、桐佳の急所をなおも責め続ける。

「ひぎいっ……！　ううぅ、れろ、れろ……お、おほっ、んぐ、ちゅばっ」

さすがにここまで来ると、桐佳がマゾ牝なのだと、ようやく雛子も確信したようだ。口元に薄笑いを浮かべ、遠慮がなくなっていく。

「んふぅ、桐佳さま、もっと、もっとクリを吸ってください……そ、そうっ」

とうとう桐佳の美貌に尻たぶを押しつけ、ぺったりと着座した。くねくねと腰を上下に揺らし、濡れ肉の割れ目を擦りつける。

「あはっ、いっぱい注がれたから、純一さまの精液がまだ出てきます。桐佳さま、全部すすってくださいね」

「んごっ、んぐぅ……はあ、はあ、れろ、ちゅむっ……あ、あぁ、イグーッ!!」

桐佳はまた達した。絶頂に次ぐ絶頂で、もう潮吹きは涸れてしまっている。

その代わり愛液は止めどなく溢れ、ペニスの抽送に掻き出されて、泡交じりの白蜜が甘酸っぱい淫臭を撒き散らしながら、膣穴の隙間から次々とこぼれ出た。グズグズに蕩けた蜜肉は、さらに旨味を増していく。

「僕もそろそろ……。雛子さんは?」

「あん、ああ……わ、私もです」

雇い主の娘にこんな屈辱を与える行為は、かつてない興奮をもたらしているようだった。雛子は妖しい笑みを浮かべながら、息を弾ませ、腰をくねらせ、タプンタプンと爆乳を大きく揺らしている。

純一もラストの嵌め腰を轟かせる。エアーマットがギュッギュッと悲鳴を上げた。

「ふぐっ、ぶほぉ、く、狂っぢゃうぅ……こんなの、もう無理、赦してぇ、いやあぁ、イグ、ヒグッ、おほおおオゥウッ!!」

狂ったように身体を痙攣させ、とうとう桐佳は自身の両膝を手放してしまう。もはやクンニどころではなさそうだった。

それでも雛子は構わずに、桐佳の美しく筋の通った鼻梁へ割れ目を擦りつけ、ご主人様の後に続くように自らも昇り詰めた。

「ああーん、クリが、グリグリ……イッ、イクぅぅんッ!!」

純一も、煮えたぎる蜜壺の嵌め心地に、ツンと角の立った肉襞の摩擦感にたまらなくなり、射精感の限界を超える。

最後はストロークを励まし、亀頭が膣奥に届くまでピストンして、ペニス全体で肉悦を極めた。桐佳は絶頂のしすぎで我を忘れているのか、肉の拳が膣壺の底にめり込んでも痛がる様子は見せなかった。

「う、うう、うっ……お、おおぅッ!!」

子宮口に鈴口を押し当て、純一は勢いよく精を放つ。

三度目の射精でも、まるで三日間オナニーを禁止したみたいに長々と続いた。

純一自身も性的快感だけではない満足感を得ていたからだろう。年上の女性を、高慢なセレブのお嬢様を存分に弄んだ愉悦は強烈だった。

(もしかしたら僕、Sに目覚めちゃったのかも)

やっと射精が終わると、深く溜め息をつく。

雛子もアクメ感覚が落ち着いたのか、桐佳の顔から重い腰を持ち上げた。

そして、目をぱちくりさせる。

「あ、あれ、桐佳さま……大丈夫ですか……？」

雛子が声をかけても返事はない。

桐佳は、白目を剝いた凄艶なアヘ顔で失神していた。

5

ローションや体液をシャワーで洗い流し、気を失っている桐佳を二人がかりでベッドへ運んだ。

桐佳の意識が戻る頃には、ホテルの残り時間もわずかとなっていた。アクメ失神した桐佳はもちろんのこと、純一と雛子も充分に満足していたので、結局、せっかくのキングサイズのベッドを使うことなく、ホテルを出る。

車の中で、やはり桐佳はべったりと純一にくっついてきた。純一はなんとなく、孝太郎にべったりの藍梨を思い出す。

（やっぱり桐佳さんって、死んだお兄さんと僕を重ね合わせているのかな？）

桐佳は幼い頃、友達の前で兄に折檻されたことがあった。純一は、その体験が桐佳のマゾ気質を芽生えさせたのではと考えている。

だから桐佳は、Mの快感を得ると、亡き兄のことを思い出すのだ。マゾ牝の悦びで自分を屈服させてくれる人を、大好きだった兄と同じように感じてしまうのかもしれない。

桐佳は純一の首に両腕を回して身を預けてきて、

「ねえ、純一。私の彼氏にならない？」と言った。

「彼氏って……旦那さんがいるのになにを言ってるんですか」

「そうよぉ、夫がいるから、彼氏にならないかって言ってるんじゃない。なあに？彼氏じゃなくて夫がいいの？　うふふっ、純一がどうしてもっていうなら、考えてあげてもいいわよ？」

結婚は冗談としても、彼氏になったら、欲しいものはなんでも買ってくれるそうだ。袴田家のコネが利くところなら、どこでも就職先として紹介してくれるというし、なんだったら働かなくてもいい。一生生活の面倒を見てくれるという。

「お断りします」

「なによ、つまんないの」

そう言いながら、桐佳はそれほど気を悪くしている様子もなかった。

彼女が純一に亡き兄の面影を重ねているなら、純一が自分のペット同然になることを本気で望んだりはしていないだろう。きっと彼女の兄は、女のヒモになることを良しとするような男ではなかっただろうから。

「ふん、だったらセフレで我慢してあげる」

そう言って桐佳は、ますます熱っぽく身を擦り寄せてくるのだった。


袴田家に到着したのは夕方頃だった。

「またね」と言って、桐佳は母屋に入っていった。純一も離れへ向かおうとするが、雛子に呼び止められる。

「ねえ純一くん、桐佳さまの彼氏になるって、悪い話じゃないと思ったけど、なんで断ったの？」

「それは……わかっているでしょう？　僕が好きなのは……」

有閑夫人の愛人になって、なに不自由なく生きる。そんな旨い話を蹴るほどに、純一は美冬のことが好きなのだ。

だが、自分のせいで美冬の生活を壊したくないとも思っている。

だから、これからも美冬には、袴田家の未亡人でいてくれて構わない。

「もし美冬さんが恋人になってくれるなら、僕、一生結婚できなくてもいいです」

「……そう。よくわかったわ」

話はそれで終わる。雛子は母屋へ帰っていった。

その夜、離れにやってきた雛子は、さすがにセックスを求めてはこなかった。昼間のあれで、今日は充分に満足したという。

雛子は、数冊のノートを手にしていた。

「純一くんの覚悟はよくわかったわ」

彼女は真剣な表情で、でもね……と続ける。

「純一くんはまだ、本当の美冬さまを知らないのよ」

「本当の美冬さん……？」

なにを言っているのかわからなかった。純一の疑問に答える代わりに、雛子は持っていた数冊のノートを渡してくる。

「それを読んだうえで、美冬さまへの気持ちをもう一度よく考えてみて」

雛子が帰った後、純一は怪訝に思いながらそのノートを開く。

最初のページに書かれているものを数行読んだだけで、純一は愕然とした。

それは美冬の亡夫、袴田光彦が残した日誌だった。

第五章　遺された秘密の日誌

1

その夜、美冬は——いや、その夜も美冬は、なかなか寝つけなかった。

布団の中で、何度も寝返りを打つ。心がざわついて眠れないのだ。

純一と二度目のセックスをしてから一週間の時が過ぎた。その間、毎晩この有様である。

(今夜も……ああ、駄目だわ。このままじゃ寝られない)

眠れるはずもない。夫を亡くしてから二年ほど、ずっと眠っていた美冬の〝女〟は、すっかり目覚めてしまったのだから。

高まる淫気を鎮める方法は一つだけだった。寝巻きの衿《えり》をくつろげ、右手を潜り込ませて、乳丘の頂点に息づく突起をいじり始める。

「ううん……あぁ」

二本の指でつまむと、ピリピリと痺れるような快美感が走り、突起はすぐに硬くなっていった。

右手から左手に入れ換え、反対側の乳首も指で慰める。そして右手は下半身へ。

と、不意にふすまの開く音がした。

（……え？）

美冬はギョッとして目を見開いた。足下の側の隣室も美冬の部屋なのだが、そちらの部屋に繋がるふすまが少し開いていた。常夜灯のオレンジの灯《あか》りが、光の筋になって微《わず》かに部屋の中へ差し込んでいる。

「誰……藍梨……？」

そのように呼びかけてみたものの、おそらく違うだろうと、頭の中では考えていた。娘の藍梨が母親と一緒に寝なくなってから、ずいぶん経つ。

ふすまが、音もなく、さらに開いていった。

そこに立っていたのは、純一だった。

彼は美冬の寝室に足を踏み入れ、しゃがみながら布団のそばにやってくる。

美冬は激しく動揺したが、寝巻きが乱れていることを思い出して、慌ててそれを直した。それから上半身を起こす。

「純一さん、どうしてここに？　い、今からお風呂ですか？」

しかし純一は黙ったままだ。

常夜灯の灯りも逆光となり、彼が今どんな顔をしているのかわからない。手になにか持っているようだが、それもはっきりしなかった。

いったい彼はなにをしに来たのか？　いや、考えるまでもなかった。

枕元の目覚まし時計を見れば、すでに日付は変わっている。こんな夜更けに男が忍んで女の寝床にやってきたのだ。その目的は——

「ああ……可哀想に、純一さん、また性欲が溜まってしまったのですね？　すっきりしたくて私のところに来たんでしょう？」

悩める若者を気遣うようなふりをしつつ、美冬は胸をときめかせる。

「来週からテストなんですよね？　しっかり寝て、体調管理をするためにも、必要なことですよね。でも、ここでするのは駄目です。だから……」

純一は、かぶりを振った。「違います」

「え？」

予想外の否定の言葉に、美冬は今度こそ困惑する。

(違うの？　じゃあ、どうして……)

純一はうつむいていた。なにかに思い悩むように黙っていた。

やっと彼が口を開いたとき、その言葉には決意の力が籠もっていた。

「確かに僕は、美冬さんとセックスがしたいです。でもそれは……単に性欲が溜まったからじゃなくて、美冬さんのことが好きだからです」

静かな夜に、彼の言葉はとても響いた。

2

(セックスがしたいだけなら……雛子さんや桐佳さんが、喜んで僕の相手をしてくれるだろう)

二人とも素晴らしい抱き心地で、純一に最高の快感を与えてくれる。

しかし、彼女たちとのセックスでは、純一の心が完全に満たされることはなかった。

「好きだから、したいんです」と、純一は美冬に詰め寄る。

「美冬さんとセックスすると、僕は、やっぱり美冬さんのことが好きだって思わずにはいられなくなるんです」

気をつけていたものの、つい声が大きくなってしまった。

美冬は咎《とが》めなかったが、ただ申し訳なさそうな困り顔で首を振った。

「それは……誤解です。前も言いましたが、性欲と愛情を勘違いしているんです」

美冬は小さく溜め息をこぼす。「今は無理でも、もっと大人になって本当の愛を知れば、純一さんにもきっとわかると――」

「どうしてそう言い切れるんですかっ？」

込み上げる感情に、また声が大きくなる。駄目だ、駄目だ、そういうところが子供なんだと、純一は己を叱りつけ、深呼吸をした。

「……セックスって、愛を確かめ合うための行為でもあるんですよね？」

小さな声で、しかしありったけの想いを込めて話しかけた。

「僕は、美冬さんとセックスするたび、自分の中にある美冬さんへの想いを再確認したんです」

布団の上から、そっと彼女の身体に触れる。

「美冬さんはどうだったんですか？　僕のこと、なんとも思わなかったんですか？　なんとも思っていない相手とも、美冬さんはセックスしちゃう人なんですか？」

「……あなたのことは、可愛く思っています。ええ、とても」

美冬は顔を伏せ、どこか言いづらそうに続けた。

「でも、年が離れすぎているし、私、子持ちの未亡人なんですよ。純一さんにはふさわしくありません」

純一の中で、怒りにも似た感情が噴き上がった。

「子持ちだからなんですか。未亡人だからなんなんですかッ」

ずっと憧れ続けた初恋の女性に、そんな自分を卑下《ひげ》するようなことを言ってほしくなかった。

そんな理由で断られるなんて、普通に嫌われて拒絶されるよりも切ない。

「僕なんて、ただの平凡な大学生です。多分、一生頑張っても、こんな立派なお屋敷を持てるようにはなれないです」

純一はここでの生活を気に入っていた。無論、美冬がいるからだが、袴田家の裕福な生活に多少なりとも交じることができて、それもまた嬉しかった。

だから、裕福な生活に価値がないなんて絶対に思えない。

しかし自分の力で、そんな生活を手に入れられる自信はなかった。負い目があるとしたら、お互い様だ。

「だけど、そんなの関係ないです。だって、好きになっちゃったんだから、しょうがないじゃないですか……！」

危うく叫びそうになるのを、純一はすんでのところで我慢した。

美冬の寝室の隣は、孝太郎の部屋だ。聞こえてしまったら大変である。純一は言葉の代わりに荒々しい溜め息をこぼす。

もう一度、深呼吸をして、心を落ち着けてから尋ねた。

「本当は違うんじゃないですか？」

「え？」

「もし本当に美冬さんが、自分はふさわしくないと思っているのなら……その理由は、多分これなんじゃないですか？」

純一は手を伸ばし、仄かに差し込む常夜灯の灯りを頼りに、天井のＬＥＤの紐を引っ張る。

室内を明るくし、持ってきた数冊のノートを美冬に突きつけた。

戸惑いながらノートの一冊を受け取った美冬は、表紙をめくって、そこに記されている文字に瞳を大きくする。

「これは……あの人の字!?」

そのノートは、先日、雛子から手渡されたもの。袴田光彦の日誌だった。

美冬はさらに日誌を読み進める。

ページをめくる手が、明らかに震えていた。

どうやら美冬は、その日誌の存在を知らなかったようである。だが、彼女が驚いている理由は、それだけではないだろう。

純一は、その理由を知っていた。日誌の内容を充分に理解していたから。

それは〝妻の調教日記〟だった。

雛子は、ある日、光彦の書斎の掃除をしていたとき、たまたま本棚でそれを見つけたのだという。並べられていた本の後ろの隙間にノートが隠されていて、雛子は好奇心を抑えられず、ついその一冊を読んでしまったそうだ。

そこには、光彦がどのように妻の身体を開発し、マゾヒスティックな快楽に目覚めさせていったのかが、事細かに書かれていた。

どんな道具を使い、どこを責めたか。日々の開発、調教で、美冬の身体がどのように変化していったか。すべてが丁寧に記されていた。

一冊のノートの最後のページまでめくった美冬は、それを閉じて、うつむいたまま尋ねてくる。

「どうして純一さんがこんなものを……？」

「雛子さんから受け取ったんです」

純一は、雛子がこのノートを見つけた経緯を説明した。

しばらくして、ようやく美冬は顔を上げたが、そのときにはもう頬も耳も真っ赤に染まっていた。

「純一さん……軽蔑しましたよね。それとも、性欲処理にちょうどいいスケベ女だと思いましたか？」

美冬は、捨て鉢になったみたいにそう言った。

「じゃあ、そこに書かれていることは、やっぱり本当のことだったんですね？」

もしかしたら光彦がただの妄想を書き連ねたものかもしれないと、純一は少しだけ危惧《きぐ》していた。それにしては内容が詳細すぎたが、妻をマゾ牝に調教したいと思った光彦が、その願望から妄想して、それをノートにしたためていただけという可能性もあったのだ。まるで怪奇小説にでも出てきそうな話だが。

しかし、美冬は小さく頷いて、日誌の内容が真実であることを認める。

（やっぱり、そうだったのか……）

なぜ雛子は、この調教日誌を純一に見せてくれたのか？

おそらく雛子は、この日誌に書かれていることは事実だと考えていたのだろう。これが美冬の真の姿だと純一に教えて、それでもまだ好きでいられるのか、あるいは幻滅するのか、よく考えてみなさいと言いたかったのだ。

「この日誌を読んだ僕は……びっくりして、すぐには信じられませんでした」

興奮してオナニーもしたが、それは今は黙っておく。

「でも、これが美冬さんを悦ばせることなら、僕もしてあげたいって思ったんです」

自分の手で、美冬を心ゆくまで悦ばせてあげたい。

それが純一の偽らざる気持ちだった。

不思議と心にやましさはなかった。だからじっと美冬の瞳を見つめた。

美冬は——純一の目を真っ直ぐに見つめ返す。

「純一さんに……本当にできますか？　私のような倒錯の悦びを知った女を満足させることが」

これまで見てきた彼女の中で、最も鋭い眼差し。氷のように冷たい眼光。

しかし、純一はひるまなかった。

「必ず、満足させます」

美冬の瞳は、冷たいままだった。

純一はついこの間、童貞を卒業したばかりである。そんな若者に、本当にMの女を満たすことができるのかと、半信半疑なのだろう。

だが、純一には確かな自信があった。

すでに桐佳という、まさしく倒錯の悦びを知った女を、心も身体も蕩けさせ、失神するほどに満足させていたのだから。

3

ならば試してみましょう——ということになった。

だが、ここでセックスするわけにはいかない。隣室の孝太郎はもちろんのこと、それ以外の人たちにも気づかれてしまう可能性があるからだ。

離れに行きましょうと、美冬は言った。純一も元よりそのつもりだった。

美冬と共に離れに戻り、寝室へ。すでに敷き布団は六畳間の真ん中に用意済みだ。

(今日こそ美冬さんを……本気にさせてやる)

例のノートを手渡されたのは四日前のこと。その日からいろいろと準備をし、必要なものは揃えていた。枕元に置いた、小さな段ボール箱の中身がそれだ。

いつでも始められる状況を確認すると、美冬はなにも言わずに寝巻きを脱ぎ始める。もうすっかり心は決まっているようだ。

彼女の裸体を見るのは初めてではないが、やはり目を奪われる。

完璧に整った桐佳の身体と比べると、この女体がいかに脂《あぶら》の乗ったものかがわかる。ムチムチでありながら張りのある雛子の身体とも違い、こちらは実に柔らかそう。まさに熟れきった果実のようだ。

じっと見つめていると、さすがに美冬は恥ずかしそうに両手で身体を隠す。

「純一さんったら、この身体は、前にもう見たじゃないですか。どうしてまた、そんなにまじまじと……」

「何度だって見たいですよ」と、純一はまばたきもせずに答えた。

普段はロングヘアを後ろでまとめている美冬は、寝るときにはシュシュを使って左右で束ねていた。今はシュシュも外して、普通のストレート状態。

後ろでまとめているときよりも若く見える。もちろん、普段の着物姿が醸《かも》す大人の色香もたまらないが、ストレートヘアの美冬は、純一が小学生だった頃の彼女を思い出させてくれて、懐かしさに胸が熱くなった。

純一も服を脱ぎ、すぐに全裸となる。

すでにフル勃起となり、威風堂々と反り返っているペニスを見て、美冬もまた、切れ長の瞳に情火をともした。

二人の淫気が寝室を満たしていく。だが、すぐに嵌めたりはしない。

恋人とのデートプランを練るように、純一は今夜のセックスの流れをしっかりと計画していた。

枕元の段ボール箱を開けて、まず最初に取り出したのは包帯である。

(上手くできるかな？　一応、雛子さんと何度か練習したけど……)

興奮と緊張に胸が高鳴る。光彦の日誌には、その手順が事細かに記されていた。純一は美冬を、布団の上で体育座りのような格好にさせる。そのまま股を広げさせ、M字開脚をさせた。

「あぁ……これからどうするんですか？」

期待の表れか、美冬の美貌は仄かに上気していた。

「両腕を膝の下に通して……はい、足首をつかんでください」

右膝の下に右腕をくぐらせ、外側から足首をつかませた。左手も同様にさせて、左の足首をつかませる。かつて夫とやったことだから、美冬は、純一の拙《つたな》い説明でも正しい体勢を取ってくれた。

「その包帯を使うのですね」

「はい、旦那さんはロープを使っていたみたいですけど、僕は素人なので」

これからするのは誰でも知っているSMプレイの一つ、〝緊縛〟だ。

ネットで調べたところ、ロープを使うなら、正しい縛り方を知っておかなければならないそうだ。力加減を間違えば、美冬の手首を痛めたり、縛った跡がくっきりと残ってしまうかもしれない。もっと酷い場合は、血管の圧迫で神経が麻痺したり、血栓症になる可能性もあるのだとか。

その点、包帯は伸縮性があるので、ロープよりは優しく縛ることができる。難しい結び方も必要なく、ほどくときはハサミで切ってしまえばいい。

「それじゃあ、縛りますね」

「……はい、どうぞ」

美冬は従順だった。純一は彼女の手首と足首に包帯を巻きつけ、シンプルに固結びにする。右手首と右足首、左手首と左足首、それぞれに結んだら、それでもう完成だった。〝蟹縛り〟という縛り方だという。

緊縛し終わると、美冬は喉の奥から微かな呻き声を漏らした。

純一は慌てて尋ねる。「い、痛かったですか？」

「いいえ、大丈夫ですよ……あはぁ」

美冬は首を振ると、うっとりと頬を緩めて溜め息をこぼした。久しぶりの拘束が心地良く、思わず声が漏れてしまったのだとか。

「そんなに気持ちのいいものなんですか……？」

「ええ……たとえば、もしこのまま純一さんがほどいてくれなかったら、私、自分一人では食事もできませんし、おトイレにだって行けません」

必死に声を上げ、誰かに助けを求めることはできるが、もし人が来たら、素っ裸のこの痴態を見られてしまうことになる。そんなことはとてもできない。

「つまり、こうして縛られた瞬間、私は純一さんに支配されたんです。そう思うと、たまらない気分になって……あぁぁん」

光彦のノートを読んで、最初に純一が驚いたこと。それは美冬が、夫の調教によって、縛られることに興奮する女となっていたことだった。

様々な緊縛の仕方が記されていたが、素人の純一でも真似できそうな縛り方の中から、一番淫猥なものを選んだ。蟹縛りという拘束は、両手両脚の自由をかなり制限したうえで、股を閉じることもできなくしてしまう。

（もう僕がなにをしても、美冬さんは抵抗できない）

奇妙な感覚に胸を弾ませながら、純一は彼女の身体をそっと仰向けに転がし、マングリ返しに近い格好にさせた。

美冬は股が閉じられないので、大陰唇まで彩る濃いめの陰毛も露わに、女の恥部をあからさまにしている状態となる。

それにもかかわらず、美冬は身体を横に倒したりして、股間を隠そうとはしなかった。まさに無防備そのものの姿で、純一の見るに任せている。

犬は服従のポーズとして、仰向けになって自分の弱点である腹部を相手に晒すというが、それと同じものが感じられた。

そんな格好を強《し》いられている美冬は、屈辱を感じるどころか、むしろ夢見心地の表情で、これからなにをしてくれるんですか？　と、その目で語りかけてくる。

（美冬さんは、ほんとに縛られるのが好きなんだな……）

純一はドキドキしながら、乳房をそっと指でつついた。Ｆカップの柔乳は、蟹縛りのせいで左右の二の腕に挟まれ、仰向けの状態でも大きく盛り上がっていた。

乳丘の膨らみを優しく撫でる。今までの純一なら、衝動のまま、すぐに乳首に触れていただろうが、今日はあえて長く焦らす。それも光彦の日誌から学んだことだ。

「ああぁ……いやあぁ……」

美冬は切なげに顔をしかめ、吐息を乱していった。もどかしくてたまらないが、それもまた心地良さそうな、なんとも複雑で艶美な表情だった。

純一の方が我慢できなくなり、ついに乳首をいじる。

「あっ……あうっ……」

指先で軽くさすっただけで、熟れ肌が悩ましげに打ち震えた。

「凄く気持ち良さそうですね」

「え、ええ……」

縛られた状態で人から触れられると、抵抗できない不安がさらに膨らむという。そのときの胸の鼓動の乱れが、興奮している感覚とごっちゃになって、官能が高まり、愛撫に対してもより敏感になってしまうのだそうだ。

また、愉悦を感じて身を震わせようとしても、緊縛状態ではそれすらままならない。そのもどかしさもマゾ心を煽るのだという。

左右の乳首を指先でいじり続けると、瞬く間に膨らんで、コリコリになった。

純一は次に、彼女の股ぐらへ狙いをつける。尿道口も視認できるほどぱっくりと広がった肉割れを覗き込めば、もう膣穴の周辺は大量の愛液に濡れて、花弁もヌラヌラと光っていた。

四つん這いになって、黒々と茂っている陰毛に鼻先を埋め込み、深呼吸する。

「ああん……そんなに匂いを嗅がないでください」

「すううっ、ふうぅ……全然、臭くないですよ」

寝床につく前に、風呂で身体を綺麗に洗ったのだろう。草叢に籠もっているのは石鹸のふんわりとした香りで、汗や脂による刺激臭はまったくといっていいほど感じられなかった。

ただ、熱気と湿り気を伴《ともな》って、甘酸っぱい匂いが割れ目から馥郁《ふくいく》と漂い、純一の鼻腔を心地良く満たしていく。

甘熟未亡人の牝フェロモンでやる気をみなぎらせつつ、しかし、まずはクリトリスを包皮の上からそっとさすった。

「はうぅ……」

美冬が熱い吐息を漏らす。触れるか触れないかのフェザータッチで、指先で円を描くと、すぐさま中身が膨らんできた。もういいかと、包皮を軽く上にずらせば、つややかに光る肉真珠がツルンと飛び出す。

ときおり小さく脈打つそれに、ふーっと息を吹きかけてみた。美冬は「ああン」と悩ましげな声を上げ、腰をくねらせる。

純一が美冬の股の間から顔を上げると、乳房越しに彼女の切なげな眼差しと目が合った。また焦らされるのかと、美冬はなんとも複雑な表情をしていた。

だが、今度は焦らすつもりはない。

とはいえ、ただ単に美冬の願いを叶えるつもりもない。そんなことは彼女も望んでいないだろうから。

純一は美冬の股ぐらから離れ、枕元の段ボール箱から、ちょうど掌に収まるくらいの大きさのものを取り出した。そして今度は、仰向け状態の彼女の横に膝をつく。

「純一さん、それは……？」

そう尋ねつつ、美冬は期待のこもった眼差しを向けてきた。純一の手の中にある派手なピンク色の物体がなんなのか、大方、察しがついているのだろう。

それはバイブレーターだった。今夜のためにネット通販で購入したものである。

しっかりとフル充電してあり、ボタンを押せば音を立てて振動が始まる。

だが、このバイブレーターの機能は振動することだけではなかった。もう一つのボタンを押すと、さらに別の機械音が加わる。

卵形に近い形状のそれは、丸みを帯びた胴体の一箇所に突起のような隆起があった。

突起の中心は直径二センチほどの窪みになっていて、まるで蛸かひょっとこの口のようなユーモラスさを感じられる。

純一はバイブレーターを、まずは乳首に試した。

蛸の口のような窪みを乳首に被せると、途端に美冬が素っ頓狂な声を上げる。

「ひゃっ!? なんですか、それ……す、吸いついてくるぅ」

そう、このバイブレーターには吸引機能があるのだ。

純一も掌に当てて試してみたが、なかなかの吸引力だった。パワーをMAXにすると、吸盤のようにぴったり皮膚に吸いついて、それなりに力を入れないと外せなくなるほどだった。

「これは振動と吸引のダブル機能なんですよ」

「す、凄い……こんなオモチャがあるんですね。はあん、痺れるぅ」

バイブレーターを引っ張ると、Fカップの柔乳がそれに釣られて伸びていく。さらに強く引っ張れば、ついに吸引口は外れ、乳肉がプルンと揺れる。美冬は「あうんっ」と呻いた。

純一は左右の乳首を見比べてみる。わずか十秒ほどのバイブ責めだったが、振動と吸引を受けた方の乳首はさらに肥大し、赤みが増すほどに充血していた。

（よしよし、なかなかに効果抜群みたいだ）

唸りを上げる機械を、今度は彼女の股間へ向かわせる。

「あぁ、純一さん……ま、待ってください。そんなものをそっ、ちに使われたら……」

吸引バイブレーターの効果を理解した美冬は、震える声で赦しを請うてきた。が、純一には、ここで容赦する気はない。なぜなら光彦の調教日誌を読んでしまったから。赦しを求める妻へ、光彦は手加減を加えたりはしなかった。

「駄目です。さあ、乳首よりもっと気持ち良くしてあげますよ」

ずる剝け状態でぷっくりと膨らんだクリトリス。

純一はそこに、蛸の口を吸いつかせる。その瞬間、美冬は全身を強張らせ、先ほど以上の悲鳴を上げた。

「あひいっ！　い、いやぁん、凄いぃ。こんなの、初めて……！」

美冬は首を振って身悶える。だが、蟹縛りで拘束されているので、身をよじることすらほとんど制限されている。

「バイブを使ったことは？」

左右に首を振り続ける美冬。それは〝ない〟という意味だろう。

確かに光彦の日誌にも、バイブを使用した記録は書かれていなかった。

「興味なかったんですか？　美冬さんも、旦那さんも」

「あ、あの人は……電気で動くようなものを使うのは……す、好きじゃなかったみたいです……あ、あぁあぁン」

淫声をビブラートさせながら、美冬は答えた。

バイブで妻を愛撫しても、それは自分が妻に快感を与えたことにはならない。バイブが妻を悦ばせたのだ——そういう考えの持ち主だったそうだ。

ただ、全然興味がなかったわけではないらしい。その手の淫具を扱う店で、一度、小型のローターを買ってきたことがあったという。

「でも、こういうのって……お、おぉ、音が、凄いでしょう？　だから、あの人、こんなの使えないって……んあぁあぁ」

広い豪邸とはいえ、他の家族に、この激しいモーター音が聞こえてしまうかもしれない。それを嫌がって、結局、一度も使わずに捨ててしまったのだとか。

「ふぅん、でも美冬さんは？　ちょっと試してみたいとか思わなかったんですか？」

「わ、私は……ああっ、あうぅ」

美冬は一瞬口籠もった。だが、今の彼女は支配されることを悦びとしている。たとえ恥ずかしくても、自分の気持ちを隠したり、嘘をついたりはしなかった。

「……ちょっとだけ、試してほしいと思っていました……く、ううぅ」

純一はニヤリと笑う。「そうですか。ふふっ、じゃあ、この離れなら母屋までは聞こえないでしょうし、今日は存分に愉しんでください」

バイブレーターのボタンを押して、振動と吸引のパワーを一段上げる。

「ふひっ、いいぃ！　ク、クリトリスが、周りのお肉ごと引っ張られるぅ……あぁ、あーっ、ビリビリ痺れるぅ」

吸引されたうえでの振動がよほど効いたのか、あるいは緊縛によって官能が底上げされていたからか——美冬はあっという間に昇り詰めてしまった。

「もう、ダメですっ……あ、ひ、ひっ！　んんーっ、イクぅぅ!!」

マングリ返し状態で、揺り籠のように自らの身体を揺らして叫ぶ美冬。

しかし純一は、バイブの蛸の口を割れ目に押しつけたままにする。吸引バイブ責め、続行である。

「お、おほおぉ、純一さん、私、イキましたから……！　イィイィ、いったん、休ませてください……く、ぐうっ」

「まだまだ」

右手でバイブを押し当てながら、彼女の身体に逆向きで覆い被さった。男が上になるシックスナインで、カウパー腺液を滴らせた亀頭を、彼女の口元に突き出す。

「さあ、美冬さん、僕のチ×ポも気持ち良くしてください」

「んあぁ……は、はい……うぐむうぅ」

開いた朱唇に、純一は幹の半ばまで荒々しく潜り込ませた。

美冬は絶頂したクリトリスをなおも責められて、苦悶の呻きを漏らしながら、それでも健気に舌を動かし、亀頭に奉仕する。

「ふぅ、ふっ……うむ、むちゅう、れろ、れろ……ほうぅ、おお、んほおぉ！」

フーッ、フーッと、熱い鼻息が陰嚢を撫で上げた。

「美冬さん、僕のチ×ポは美味しいですか？」

今日はまだ風呂には入っていない。石鹸で丁寧に洗ったものより、一日汗に蒸らされて、汚れを残したままのペニスの方が、より彼女の官能を高めるのだと、光彦の日誌にはっきり記されていたからだ。

「ちゅぶっ、んはぁ……はい、純一さんのオチ×チン、とても美味しいです。匂いも、すううぅ、はあぁん、大好きです……うっく、うぅ、むぢゅうぅ」

これまでも美冬は、汚れた肉棒を嬉々としてしゃぶってくれた。そのときと同じ表情を、きっと今もしていることだろう。

ただ、美冬は精一杯頑張ってくれているが、やはりバイブの悦に心が乱されるのか、いつもの彼女の舌技ではなかった。

「どうしました、美冬さん。そんなのじゃイケませんよ？」

「ご、ごめんなさい、クリトリスが、ああっ、気持ち良すぎて……！」

美冬は足の爪先をギュッと丸めて、またしても愉悦を極める。

「またイクッ……うぅぅんっ!!」

純一は、自分の手で彼女をマゾ悦に狂わせるため、今日のプレイの段取りをいろいろと考えていた。美冬が口淫で純一を射精させるまで、バイブ責めを続ける予定だった。

しかし、もう我慢ができなくなる。純一は彼女の口からペニスを抜いて、身体を起こし、彼女の股ぐらに移動する。二連続の陰核アクメで蕩けきった膣穴へ、亀頭をあてがう。

一息に根元まで挿入した。ガチガチに怒張した若勃起で火照った蜜穴を貫き、膣底を力強く抉る。

「ひっ、んぎっ……！　お、おぉ、ほおぉうぅ」

それだけで美冬にとっては激悦だったらしく、あるいはその一突きで、またしても昇り詰めてしまったかもしれない。それでも純一はピストンを始め、女体に一瞬の休みも与えなかった。

「ああ、気持ちいいです。美冬さんのオマ×コ、すっごく」

柔らかな膣肉に包まれ、隅々まで吸いつかれ——甘美極まる摩擦感に純一は溜め息を漏らし、嵌め腰をどんどん加速させていく。

ゾクゾクするような快感がペニスから止めどなく溢れ出した。これまでの美冬とのセックスよりさらに気持ちいい。縛られたことで、淫らなマゾ牝の身体はますます旨味を増したということだろうか。

あるいは純一自身も、初恋の女性をサディスティックに弄ぶことで、かつてない興奮を得ているのかもしれない。あっという間に達してしまいそうな気がした。

「はおぉ、いいわ、いいです、とても……ん、んぅ、ううーっ！　純一さんのオチ×チン、今日は一段と大きく、逞しくて……はあぁん、おかしくなっちゃいそう」

美冬の性感も昂ぶっているようで、膣路はうねるように収縮し、いつにない力強さでペニスが咥え込まれていた。奥へ、奥へと引き寄せられ、まるで子宮から吸いつかれているような錯覚に見舞われる。

気がつけば、射精感は限界寸前まで高まっていた。

「うおおぉ、ぼ、僕、もうイッちゃいそうです」

いつもの純一なら、歯を食い縛って射精感をなだめ、なんとか相手の絶頂に合わせようと努める。

だが例の日誌の中で、袴田光彦はそんなことはしていなかった。彼は命じたのだ。

「ねえ、美冬さんも、一緒にイキましょう。僕と一緒に、イッてください！」

その言葉を待っていたように、美冬は瞳を輝かせる。

「はい、はいっ、私も、ひい、ひいぃ……く、イキます！　あぁあぁ、奥、奥ぅ、奥をもっと、くださいっ……そ、そう、そうぅ、ありがとうございます！」

今の美冬は、大人の余裕をたたえた普段の彼女とはまるで別人だ。しゃべり方も、服従するM女そのもの。純一のことを亡夫同様に〝主人〟と認め、支配される悦びに浸りきっているようである。

（やった……！）

その歓びに胸中を熱く燃やし、込み上げる射精感のまま、純一は肉棒を繰り出し続けた。

「はっ、はあっ、イキます、ううっ……み、美冬さんも、ウウウーッ!!」

煮えたぎる一番搾りを放出し、膣路の終点を幾度も焦がしていく。

それがスイッチとなって、たちまち美冬も、手首と足首の包帯をギチギチと食い込ませながら、背中を弓なりに硬直させた。

「私も、イキます、イクぅぅんッ!! ひあぁぁ、あ、熱いィ、お腹の中が……おほおうぅ、イクーッ」

狂ったようにうねる膣壁に揉まれながら、純一は最後の一滴まで絞り出した。

そして美冬の身体に倒れ込む。両手を縛られている美冬は、純一を抱き締める代わりに頬と頬を触れさせて、愛おしげに擦りつけてくるのだった。

4

オルガスムスの感覚は実に甘美なものだが、スポーツさながらに、肉体的にはとても疲れる。バイブ責めとセックスによる絶頂の連続で、美冬はくたくたになっていた。

汗だくになってゼエゼエと喘いでいると、純一が台所からペットボトルのスポーツドリンクを持ってきた。彼はそれを口に含み、美冬に唇を重ねてくる。口移しで飲ませてくれたのだった。

（純一さん、優しい……）

マゾ気質の美冬だが、ぞんざいに扱われることを望むタイプではなかった。口移しなどされたのは初めてだが、まるで恋愛映画のヒロインにでもなったような気分になって、年甲斐もなく胸がときめいてしまう。

彼の唾液が混ざったスポーツドリンクを喉に流し込み、美冬は陶然とした心持ちで彼の舌に自らの舌を絡めた。

水分補給が終わると、純一は美冬の手首と足首の包帯をハサミで切ってほどく。

しかし、これで終わりというわけではなかった。

「次は違う体勢にしますから。縛り方も変えますよ」

「……はい、お願いします」

今度は後ろ手に縛られた。先ほどよりも拘束感は下がったが、後ろ手になると自然に胸を張る格好となり、乳房がより無防備にさらけ出されてドキドキした。

(ああ……次はなにをされるのかしら？)

乳首は恥ずかしいほど尖ったまま。その有様に気づいても、純一は乳首には触れず、ただニヤッと笑った。それだけで美冬はマゾ牝の官能を高める。触ってほしくても、触ってもらえない。支配されていることを心から実感する。

美冬は、彼の手でうつぶせにされた。

そこから膝を立て、尻を突き出すような体勢にさせられる。腕が縛られているので、顔ごと布団に突っ伏すことになる。

なるほど、蟹縛りのままこの体勢になると、肩や肘にかなりの負荷がかかるだろう。そうならないよう、縛り方を変えたというわけか。

(純一さんったら……)

その気遣いに、美冬は思わず頰を緩める。あまり優しくされすぎるのも、M女としては少々物足りないものだが、今は不満には思わない。その優しさがいかにも純一らしく、美冬は彼のそんなところを可愛く思っていたのだから。

(でも、私をこの体勢にしたってことは……)

この後、彼がなにをするつもりなのか、美冬にはなんとなく想像がついた。果たせるかな、純一は美冬の背後に座り込み、両手で尻たぶを広げてくる。身体の中で女陰以上に恥ずかしい部位に視線を感じ、美冬は粟立つ肌にゾクゾクした。

アヌスは亡夫の光彦によって充分に開発され、膣穴以上に美冬を狂わせる急所となっていた。彼が残した日誌にもそのことは書かれていて、当然、純一はそれを読んだことだろう。

「美冬さんのお尻の穴って、とっても綺麗な形ですよね。穴の縁の盛り上がり方も控えめだし、歪《いびつ》じゃないし、放射状の皺も均等に刻まれてます」

純一の指がちょんと触れてくる。美冬は「あうっ」と尻たぶを震わせる。

「でも、色はピンクがちょっとくすんでますね。旦那さんにいっぱいいじられたからでしょうか？」

「あああ、そんなこと……そ、そうだと思います……」

純一はよほど尻の谷間に顔を近づけているようで、彼がしゃべると、そのたびに吐息がアヌスに当たった。

と、次の瞬間、ヌルリとした生温かい感触が肛門に触れる。舐められたのだと、すぐに理解した。さすがにそれは予想外だった。

「はひっ……!?　な、なにを、純一さん、いけません、そんなところを舐めては」

「旦那さんには、よく舐めてもらっていたんでしょう？　こんなふうに」

皺に沿って舌先でなぞられ、さらに中心をグッグッと押される。

「ああ、あの可愛かった純一さんにお尻の穴を舐めさせているなんて……あううぅ、ダメ、ダメです、こんなこと、親御さんに申し訳が……」

二児の母親として感情が蘇り、ついいつもの口調に戻ってしまった。

だが、口では咎めたものの、もう一人の美冬、マゾ牝の美冬は、ますますときめいていたのだった。他人の排泄器官を舐める——それはいくら性欲をみなぎらせた若い男でも、そうそうできることではない。

(純一さん……そんなにも私のことが好きなんですか？)

美冬は、いつも入浴前にトイレで大きい方の用を足す。そして温水洗浄で直腸まで洗い流していた。夫が生きていた頃の、夜の営みのための準備が習慣となって、今でも続いているのだ。

ただ、それでもさすがに舌の侵入を許すことはできなかった。そこまでさせてしまって、もし彼が病気にでもなってしまったらと思うと、括約筋《かつやくきん》を緩められない。

「純一さん、お願いです……それ以上は……」

やがて純一は諦めてくれて、肛門から舌を離す。

彼は立ち上がると、例の段ボール箱からチューブのようなものを手に取って、再び戻ってきた。美冬は少しほっとしたものの、謎のチューブの存在にドキドキしながら純一に尋ねる。

「それは……？」

「これは潤滑ゼリーです」

アナルプレイにおいて必須となる潤滑剤を、純一は抜かりなく用意していた。

まずは穴の表面に塗りつけられる。くすぐったさを伴う快美感に、美冬はみっともない声を上げて腰を戦慄かせた。

「はひっ……んのおっ、おぉ……ほおぉ……」

夫の亡き後、自分でアヌスをいじったことは一度もなかった。クリトリスをいじるような普通のオナニーなら、なんとか声を殺して昇り詰めることもできたが、アヌスを刺激されると、このような奇声を我慢できなくなるからだ。たとえ真夜中でも、こんな声を出していたら、家族の誰かに聞かれてしまうかもしれない。

(久しぶりだからかしら。ゼリーで撫でられただけで凄く感じてしまうわ)

皺の一つ一つにも塗り込むような丁寧さで、純一は肛門をゼリーまみれにした。

そしてさらに——彼の指は、ズブブッと中まで侵入してくる。

直腸内にもゼリーを塗りつけているのだ。彼の指が出たり入ったりを繰り返した。

「んおっ、お、おぉ……くっ……うううぅ」

およそ二年半ほどのブランクがある肛門を、純一は丁寧にほぐしていく。

「うぐぅ、じゅ、純一さん、とても上手です……。お尻の穴をいじるのは、これが初めてなんですよね？」

「え、ええ……旦那さんのノートにやり方が書いてあったので、それをよく読んで勉強しました」

「あぁん、テスト前にそんな勉強、してちゃダメですよぉ……うぐっ、んんんぅ」

ズブリ、ズブリ。ゼリーをまとった指がゆっくりと挿入され、根元近くまで潜り込むと、またゆっくりと引き抜かれる。

純一は指の第一関節を曲げて鉤状にし、括約筋の裏側に引っ掛けた。手首をひねって回転させ、ドリルのように肉の門を抉る。

「ふぐっ、そ、そこ、んおおおぅ……！」

アヌスの縁の裏側を擦られるたび、悪寒にも似た快感が背筋を駆け抜けた。

「あぁぁ、こ、この感じ、ゾクゾクして、すっ、好きなんです……！」

懐かしい肛悦を思い出し、美冬の第二の生殖器は瞬く間に蕩けていく。

「旦那さんのノートに書いてあったとおりですね。美冬さんはこれが大好きだって」

純一の声も高揚していた。彼も女の肛門をいじくる行為に興奮しているようだ。

「そろそろ充分ですか？　それとも、もっとじっくりほぐします？」

言わずもがな、今しているのはあくまで準備だ。この後がいよいよ本番である。

「い、いいえ、もういいです……。く、ください」

「なにをですか？　旦那さんに言っていたみたいに、お願いしてください」

「ああ……はい」

純一の言葉に、美冬はますます頭の中を桃色に染めた。果たして夫のノートを読んだだけで、こんなにもマゾ女を悦ばせることができるものか。もしかしたら彼は元々、Sの気質を持っていたのでは――。

だとすれば、自分が彼と出会ったのは運命かもしれない。

そんな思いを脳裏によぎらせながら、美冬は彼の求める言葉を答えた。

「チ……チ×ポを……純一さんのチ×ポを、美冬の、いやらしい肛門に入れてくださ い……！」

かつての美冬が、夫にアナルセックスを請うときの決まり文句である。

純一は、フフンと満足そうに鼻を鳴らすと、肛門から指を引き抜いた。

美冬は首をひねって後ろを見る。純一は潤滑ゼリーのチューブを搾って、そそり立つペニスにたっぷりと塗りつけていた。

ほどなくして肛門に硬いものが押し当てられる。「いきますよ」と声をかけられ、その直後、指などとは比較にならぬ太さのものが、穴の中心にめり込んできた。

(わかっていたけど、やっぱり大きいわ。大丈夫かしら……)

完全勃起した純一のペニスは、光彦のそれよりも遥かに太く、そして硬い。

しかし今さら止められない。美冬は挿入を受け入れるため、息を吐いて下半身の力を抜いた。普段はわずかな隙間もなく閉じられている肛門が、侵入者によって力強く拡張されていく。

次の瞬間、まるでピンポン球を押し込まれたみたいな感覚で、張り詰めた亀頭がズルンッと潜り込んできた。

「ふおっ!?　お、おっ、凄ひぃぃ……!」

あまりの衝撃に、一瞬息が止まりそうになった。

膣口より数段勝る締めつけで侵入者を拒んでいるアヌス門だが、ペニスが雁首まで潜り込んでしまえば、もはや押し返す術《すべ》はない。

「ううっ、これがお尻の穴……。凄い締めつけですね」

純一は、いったん肉棒を根元まで挿入する。それから緩やかな抽送を始めた。

排泄のための穴は、侵入してくるペニスの存在を、苦痛をもって肉体に知らせてくる。

しかしその後、排泄口としての本来の有り様のままにペニスが排出されていくと、ほっとしたように甘美極まる快感を生み出すのだ。

「あ、ああ……擦れる、擦れるぅぅ」

美冬はよだれを垂らしながら呟いた。たっぷりのゼリーを肛門からその内側まで塗り込んだものの、往復するペニスとの摩擦感は実に強烈だった。

ほんの三擦《みこす》りほどで、美冬の脳内はパンクする。昂ぶる肛悦は閃光の如く、美冬の意識を白く染める。

「う、嘘っ……!?　あ、ダメ、ダメッ……」

アヌスで絶頂を極めるのは難しい。夫による毎夜の調教を受けてもなお、美冬がアナルセックスで昇天できるようになるまで半年近くかかった。

夫が癌で入院したのが今から二年半前。夫婦の営みもそこで途絶えた。それだけのブランクがあれば、肛悦で達する感覚も忘れているのではと、美冬は思っていた。

しかし今、美冬の身体は驚くほどの早さで勘《かん》を取り戻し、

「きひいっ、イ、イクぅぅ……!!」

クリいじりでは到底得られぬ絶頂感に背筋から脳髄まで貫かれ、ガクガクと全身を打ち震わせたのだった。

5

純一は目を見張り、美冬の顔を覗き込んで尋ねる。

「美冬さん、今のでイッちゃったんですか……？」

後ろ手に拘束された状態で、後背位の体勢を取っている美冬は、布団に横顔を押しつけたまま、恥ずかしそうに小さく頷いた。

純一はあっけに取られた。ほんの数往復しただけだというのに。

「そんなにお尻の穴で感じちゃうんですか？」

光彦の調教日誌にも、美冬のアヌスがそこまで敏感だとは書かれていなかった。

「……私、普通のセックスより、お尻でするほうが好きなんです」

美冬は瞳を閉じ、真っ赤に染まった顔で告白する。

「でも、こんなに感じてしまったのは初めてです。久しぶりだったっていうのもあると思いますけど、純一さんの……チ、チ×ポが、本当に気持ち良くて……」

亡夫との営みでは味わえなかった拡張感、摩擦感なのだとか。

しかし、ペニスが太ければいいというものでもないだろう。あまりに太すぎれば、きっと痛みの方が勝ってしまう。

身体の相性がちょうどいいということか。純一は嬉しくなった。

「じゃあ、チ×ポの抜き差しはこんな感じでいいですか？」

控えめのストロークで様子をうかがうと、美冬は艶めかしく腰をくねらせ、ふくよかな桃尻を可愛らしく左右に振る。

「あ、あふうぅ、いいです、とっても上手ぅ……ああン、めくれちゃいそう」

張り詰めた怒張を引き抜くたび、肛門の縁が本当にめくれていた。

初めてのアナルセックスに純一も酔いしれる。直腸の肉壁には、ペニスを締めつけるような力はないらしく、ヌルリとした感触がただ触れてくるだけだった。

しかし、とにかく肛門の、括約筋の締まりが強烈なのである。膣口を遙かに超えたピンポイントの摩擦快感で、そこに雁首を往復させるや、射精感がどんどん昂ぶっていく。

ついストロークを励ましてしまい、雁《カリ》エラがズルッと肛門から抜けてしまった。

「おほっ！　おおぉ……い、今の、すっごく良かったですぅ……んふうぅ」

美冬はダラダラと口からよだれを垂らしつつ、肛肉の悦びを訴えてくる。

純一は、光彦の調教日誌に書かれていたことを思い出した。美冬のアヌスを開発するため、彼はアナルビーズを使用したのだとか。美冬の肛門感度を上げるうえで、その道具が最も役に立ったという。

直腸内に呑み込ませた連なる球体。それが菊座をくぐり抜けるたび、美冬は着実にアヌス感覚に狂っていったそうだ。

純一は、膨れ上がった亀頭でアナルビーズを再現してみる。雁エラを肛門の裏側に引っ掛け、引っこ抜き、また潜り込ませて、何度も繰り返す。

「あ、あーっ！　いい、いひぃぃ！　お尻の穴が、アゥアァめくれちゃって、めくれちゃってぇ……私、またイッちゃいます、イクううぅ!!」

効果は抜群だった。美冬は狂った獣の如く身悶え、またしてもアヌスで肉悦を極めた。

凄まじい圧迫感で雁首をくびられ、純一も限界間際となる。小刻みなピストンで雁の急所をしごきまくり、彼女の後を追いかけた。

「美冬さん、お尻の中に、出しますよッ」

「ひ、ひっ、はひっ、ど、どうぞおぉ！」

ザーメン浣腸《かんちょう》を施すのは、これが人生初。純一は奥歯を噛み締め、初恋の人のアヌスに勢いよくザーメンを注ぎ込む。

「うぅ、ぐっ……うはあアァ!!」

あまりの気持ち良さに視界がチカチカし、めまいを覚えた。呼吸できなくなるほどの快感で、酸欠状態になっていたのかもしれない。

純一はいったん呼吸を整えると、続けて、今度は奥深くまでペニスを挿入。

光彦の日誌にあった、腸壁越しのポルチオ責めを試してみようと思ったのだ。なんでも膣路と直腸はとても薄い壁で隣り合っているので、直腸側から子宮の入り口を、ポルチオ肉を刺激することが可能だという。

ストロークの深さを試行錯誤し、女壺の最大の急所を亀頭で探る。

やがて、ついにそのポイントを見つけ出すと、美冬は布団に額を擦りつけ、まるで変則的な土下座をするように悶え狂い、赦しを求めてきた。

「ふぎっ、お、お尻の穴なのに、子宮が、ウウゥ痺れるぅ！　もう、お願いっ……死んじゃいます、頭がおかしくなるぅンッ！」

「駄目です！　もっともっと気持ち良くなってください！」

純一に容赦の心はなかった。

なぜなら、それが彼女の上辺だけの言葉で、本心ではさらなる被虐を求めているとわかっていたから。

（美冬さんは、まだまだ欲しがっている！）

純一には奇妙な確信があった。光彦の日誌を繰り返し読んでいるうち、妻を調教しているときの彼の心が、なぜだかわかるようになったのだ。一文字、一文字に込められた彼の魂が、自分に乗り移ってくるような気持ちだった。

さらに吸引バイブも使って、クリトリスと肛門とポルチオを同時に責め立てる。

「ふんぎいいッ！　そんなの、くうぅ、狂っちゃいます、イグイグイグゥーッ!!」

「美冬さん、美冬さん、美冬さんッ……う、うわあぁぁ!!」

ペニスを食いちぎらんと締めつけてくる肛門に、純一も恐怖すら覚えた。そして二人で共に絶頂。止まらない戦慄と射精——。

魂まで吐き出しているような感覚に、我を忘れそうになる。

それでも純一の衝動はやまなかった。倒錯した性の獣と化し、夜が明けるまで愛《いと》しの人を狂わせ続けた。

エピローグ

純一は、心と身体で美冬と繋がることができたおかげで、一点の憂いもなく大学の前期テストに向き合うことができ、かなり好調な結果を出すことができた。

テストが無事に終われば、大学は夏休みとなる。八月上旬のある日、純一は桐佳とまたラブホテルに来ていた。

雛子は家の仕事が重なっていたので、今日は二人っきりである。

バスルームで例のエアーマットを敷きながら、純一は桐佳に話しかけた。

「昨日はありがとうございます。孝太郎くん、とても喜んでいましたね」

「……そうね。まさか泣くとは思わなかったわ」

昨日は孝太郎の十四歳の誕生日だった。桐佳は、孝太郎に初めて誕生日プレゼントを贈った。そうしてあげてと、純一が頼んだからだ。

なんで私があの子に――と、桐佳は最初嫌がったが、純一がお願いし続けると渋々了解してくれたのである。いったんそうと決まったら、桐佳はなにを贈るか真剣に考えた。つまらないものを贈って相手に呆れられるのは、プライドが許さないのだそうだ。

そして桐佳は、腕時計を孝太郎にプレゼントした。高級品というほどではなかったが、それでもスイス製のブランドもので、八万円ほどしたという。

しかし、桐佳にとって八万円程度ははした金。気取った様子もなく、ただ少しだけ気まずそうに、「……はい、あげる」と、孝太郎に手渡した。

まさか桐佳が自分にプレゼントをくれるとは夢にも思っていなかったのだろう。孝太郎はあっけに取られた様子で箱を開け、上品な金色に輝く腕時計に目を丸くした。

そして、ぽろぽろと泣きだした。泣きながら嬉しそうに微笑み、桐佳にお礼を述べたのだった。

そのときの桐佳は、困ったような、呆れたような、なんとも複雑そうな表情をしていた。ただ、ちょっと照れくさそうでもあり、孝太郎を見るその瞳に、以前の蔑むような色合いはなくなっていた。

「ああ、もう……思い出したら、なんかこう、ムズムズするわ。ねえ、純一の言うとおりにしてあげたんだから、わかっているわよね？」

「はい、今日もたっぷり気持ち良くしてあげますよ」

純一はエアーマットに桐佳を寝かせ、マングリ返しの格好を取らせた。そして用意してきたシェービングクリームを、あからさまになった桐佳の股間に塗りつけた。

桐佳はエステで脱毛処理してもらっているらしく、大陰唇や肛門周辺はすでに無毛だった。純一はカミソリを握り、恥丘の毛を慎重に剃《そ》り落としていく。

シャワーでクリームを洗い流せば、まるで幼女のような、いわゆるパイパンの肉唇が現れた。純一はスマホでその有様を写真に撮り、桐佳に見せた。

「やだ、こんなにツルツルで……思っていたよりずっと恥ずかしいじゃない。ああ、あさっての旅行、どうしよう……」

彼女は二日後に、大学時代の友人たちと旅行に出かけ、温泉旅館に泊まってくる予定なのだ。

それを知ったからこそ、純一はこの剃毛《ていもう》プレイを思いついたのである。

たった二日で陰毛が生えそろうわけもなく、桐佳は友人たちと温泉に入るとき、この幼女マ×コを晒さなければならない。そのときの恥辱はいかほどのものだろうか。

「大丈夫ですって。欧米では、アソコの毛を全部剃るなんて普通らしいですよ。この方が衛生的だし、それに今は夏真っ盛りなんだから、涼しくていいでしょう?」

「う、ううん……そうかもしれないけど……」

桐佳は半分困惑しながら、半分は納得したような顔になる。

純一は、今度は動画撮影モードにし、清らかな無毛の割れ目にレンズを向けた。

「桐佳さん、オマ×コ、広げてみてください。両手でぱっくりと」

「え……今、それ、録画しているのよね? う、うう……わかったわ。やるから、顔は絶対に撮さないでよ」

最近では、桐佳は純一のお願いを、ほとんどなんでも聞いてくれる。マングリ返しの体勢のまま、桐佳は両手の人差し指と中指を大陰唇の縁に引っ掛け、左右にぐっと割り広げる。

スリットの内側に咲く肉花は、すでにねっとりとした蜜に濡れ光っていた。あさっての旅行で、股間の恥ずかしい有様を友人たちに見られる——そう考えただけで早くも興奮したのだろうか。

(じゃあもっと辱《はずかし》めて、感じさせてあげたいな。そういう約束だし)

純一は新たなお願いを告げた。

「桐佳さん、そのままオシッコできますか?」

「はあ？　オシッコって――」桐佳はブンブンと首を振る。「で、できるわけないじゃない！　こんな格好でしたら、自分にも引っ掛かっちゃうわっ」

「できないんですか？」

当然の反応で、断るのも無理はない。

が、純一はわざとつまらなそうに溜め息をついた。「……そうですか。まあ、嫌ならしょうがないですけど、なんだかちょっとがっかりです」

桐佳は喉元にナイフでも突きつけられたみたいにウウッと唸ったが、しばらく悩んだ末、結局は純一の願いを聞き入れた。

「わ……わかったわ。ちょっと待って……」

本当は純一としても、そこまで桐佳に無茶をさせたいとは思っていない。だが、屈辱に悦びを覚える彼女には、自ら進んでできるようなことをやらせてもしょうがないのだ。それでは彼女のマゾ心を満たすことはできない。

純一はせめて小水が彼女にかからないように、バスチェアに腰掛けさせた。

桐佳は少しほっとした顔になり、二、三度深呼吸すると、ふんっと息を詰める。

まだそれほど尿が溜まっていなかったのかもしれないし、心理的な抵抗もあっただろう。なかなか放尿は始まらず、純一はいつでも撮影できるようにスマホを構えながら辛抱強く待った。

やっぱり無理かなと思いかけた頃、桐佳が「……あっ、ああっ」と、切羽詰まった声を上げる。純一は、慌てて動画の撮影を開始する。

次の瞬間、桐佳は美脚をプルプルと震わせ、割れ目から黄金色の液体をほとばしらせた。いったん始まった水流はみるみる勢いを増し、緩やかな放物線を描いて、バスルームの床のタイルに飛び散った。

ツンとする刺激臭が立ち込める。純一は、初めて見る女性の排泄に妖しい興奮を覚え、すでに鎌首をもたげていた若勃起をさらに硬くした。

桐佳の放尿は、一本の主流の他に、細かな支流がいくつにも分かれて散らばっていた。内腿を濡らしたり、割れ目から滴《したた》ってバスチェアに伝っていく分もある。なるほど、これだけ拡散するなら男のような立ち小便は難しいだろうと、純一は思った。

やがて水流が治まると、純一はスマホの録画を停止するや、濃厚なアンモニア臭を放つ割れ目に顔を寄せ、ペロリと舐め上げる。

「わっ……バ、バカ、汚い、なにやってるのっ!?」

桐佳の声に構わず、割れ目の真ん中にある黒い点のような尿道口に唇をくっつけ、チュッチュッと吸い出した。イメージどおりにしょっぱく、わずかな苦味が混ざっていた。

ただ、それほどまずくはなかったし、いくら屈辱の悦のためとはいえ、桐佳は純一の希望に応えてここまでしてくれたのだから、それを思うと、別に汚いとは思わなかった。

だが、それでも――純一は唇の周りをペロッと舐め、

「うん、やっぱり変な味ですね」と言って笑った。

「あ、当たり前でしょ、この、バカッ！」

桐佳はそう言って、顔中から胸元まで真っ赤に染め上げるのだった。


そして月日は流れ、純一は大学四年生となっていた。

美冬と結ばれてから三年ほど経った。季節はやはり夏。ただ九月に入り、もう晩夏の時期である。その年は残暑もおとなしめで、夕方にもなると少し涼しい風が吹いてきたりする。

障子を開けて、仄かなオレンジ色に染まった日本庭園を眺めながら、純一はなにをするでもなくゆったりと過ごしていた。すでに就活も終え、一応は希望していたゲーム会社の内定をもらうことができたので、今はなんとも心安らかである。

そのすぐ隣には美冬がいた。

彼女はコップの麦茶を一口飲み、しばらくしてぼそりと呟いた。

「最近、よく思うのですが……純一さんがここに来てくれてから、なんだかいいことばかり起こっている気がします」

まずは桐佳が、美冬に嫌がらせの類いをしてこなくなった。

さらに桐佳は、少しずつ孝太郎に優しくなった。桐佳がそのように態度を変えると、桐佳の夫も孝太郎に冷たく接する理由がなくなった。

孝太郎はだんだん昔のような、明るく素直な少年に戻っていった。

人懐っこく、いつもにこにこして周囲の人をほっこりさせる。純一が初めて会った頃の孝太郎は、そんな少年だったのだ。

すると美冬の義母が、孝太郎のことを可愛く思うようになっていった。これまで無視するような態度を取ってきた罪悪感もあってか、血の繋がった実の孫のように優しく接するようになった。

そうなると美冬の義父も妻に流され、孝太郎への態度を軟化させていった。

近頃では、やはり孝太郎に袴田家を継がせてもいいのではという話すら挙がっているそうだ。

それというのも、孝太郎は実に学業優秀な少年だったからである。昔から真面目にコツコツと勉強するタイプだったが、高校に入ってからはさらに成績を伸ばし、夏休みに受けた模擬試験では、なんと東大を志望校にしてA判定だったとか。

一方、小学三年生になった妹の藍梨はというと、一学期の成績は十段階中、一番良くても4。後はほとんど2か3だったという。兄とは正反対に勉強嫌いで、受けたテストの点数が一桁であることも珍しくないそうだ。

この少女に袴田家を継がせるのは不安といわざるを得ない。それなら優秀な孝太郎の方がいいのではということらしい。

こんなとき、かつての桐佳だったら猛反対しただろう。しかし今では考えも変わり、自分で子供を産んで、その子に袴田家を継がせるつもりはなくなったようだ。

そもそも最近の桐佳は、もはや妊活を頑張っていなかった。

純一との情交に溺れたせいで、夫への興味がすっかり薄れてしまったらしい。もう夫の子供を産むことに、熱意を感じられなくなったのかもしれない。

「跡継ぎ？　藍梨はアホみたいだし、孝太郎でいいんじゃない？」と、まるで憑き物が落ちたみたいに他人事。

妻と娘が孝太郎を推すので、近頃は美冬の義父も気持ちが傾いているのだとか。

美冬としても、自分の息子がこの家の跡継ぎと認められたら、嬉しくないわけはないだろう。

ただそれとは別に、藍梨の勉強嫌いは、母親として悩みの種なのだとか。

「……あの子、授業中に居眠りばっかりだって、また先生に叱られたらしいです」

どうしたものかと、美冬は溜め息をこぼす。

純一は微笑んで見せた。「あまり気にしなくてもいいんじゃないですか。藍梨ちゃん、学校の成績は良くなくても、知恵があるというか、頭のいい子ですから」

というのも、純一は知っていたのだ。

藍梨が、実はわざと悪い成績を取っているということを。

美冬にお願いされたので、純一はこの離れで、ときどき藍梨の勉強を見ている。が、藍梨は決して馬鹿ではなかった。特に教えることもなかった。教科書を読んだり、ネットで調べたりして、自分一人で学習できていたのだ。

藍梨は、純一にはこっそりと教えてくれた。「学校では手を抜いているの」と。

孝太郎が純一のことを信頼しているので、藍梨もそれなりに純一のことを信頼し、だから教えてくれたのだろう。

おそらく藍梨が本気を出せば、テストで満点を取ったり、成績表に9や10を並べることも難しくないに違いない。しかし、彼女はそれをしない。すべては兄のため。自分は馬鹿のふりをして、優秀な兄にこの家を継がせようと思っているのだ。

孝太郎も、そのことを知っていた。彼は妹に「そんなことしなくていいよ」と言っているが、しかし妹は、「そもそも藍梨、この家を継ぎたくなんてないの」と言って聞かなかった。

あるいはそれも本心かもしれない。藍梨は漫画やアニメが大好きで、将来は漫画家になりたいとか、声優になりたいとか言っている。

どこまで本気かはわからないが、実際、絵を描かせると、小学三年生とは思えぬほど上手だ。声優に関しては純一も詳しくはないが、周囲の大人たちを騙すほどの演技力があるのだから、案外向いているのかもしれない。

「藍梨ちゃんは、きっと将来大物になります。心配いらないと思いますよ」

「そうでしょうか。それならいいんですけど……」

美冬はまだ悩ましげだった。

話を切り替えるため、純一はスッと美冬に近づき、その唇を奪う。

「あん……んむぅ」

すると美冬も母親から女の顔になって、朱唇を開き、純一の舌を迎え入れた。

純一は彼女の歯茎を舐め、ヌチャヌチャと舌と舌を絡ませた後、今度は彼女の舌を自分の口内へ呼び込む。

彼女の甘い舌肉が入り込んできたら、それを前歯でギュッと挟んだ。

「はうっ……う、ううン」

美冬は眉間に皺を寄せ、艶めかしく呻く。

この三年で、純一は美冬に、新たな悦びを教えていた。痛みの愉悦だ。

光彦のあの日誌には、『緊縛とアヌスの調教が終わったので、そろそろ次の調教に進みたい』という記述があった。

〝次〟とは、つまり痛みの調教だった。SMプレイにおける、ある種の王道。苦痛。

日誌にはどんなふうに調教するか、その計画もある程度記されていた。

だが、その計画は途中で途切れていた。光彦が病床に伏してしまったからである。

結局彼は、その計画を実行できぬまま帰らぬ人となった。

純一はその遺志を引き継いだのだ。ネットの記事やSMの入門書などで勉強し、光彦の計画に肉付けしていった。

そして実行した。美冬は拒まなかった。縛ったうえで、着物の下に隠れる場所に噛み跡をつけまくったり、洗濯バサミで乳首やクリトリスを挟んだり。スパンキングも桐佳にするのとは違う、本気の全力を叩き込んだ。今や美冬は、それらの苦痛をすべて悦びに変えられる。

純一は立ち上がると、寝室から美冬のためのものを持ってきた。

それはペットの首に嵌めるような首輪だった。キスの舌噛みに陶然としている彼女へ、ネックレスでも掛けてあげるように装着する。

純一は今でも桐佳との関係を続けていた。女の勘だろうか。桐佳は、純一が美冬のことも抱いていると気づき、「私とのセックスを続けてくれるなら、黙っててあげるわ」と言った。

だが、そんな脅しなど関係なく、今では純一も、桐佳に少なからず情が湧いていた。二人きりになったときの、兄に甘えてくる妹のような桐佳が、愛おしく思えるようになったのだ。

一方で、雛子に淫らなご奉仕をしてもらうことは、ほとんどなくなっていた。

純一と美冬が心と身体で結ばれて以来、雛子が自らセックスを誘ってきたことは一度もない。袴田家の使用人として、美冬に遠慮しているようだった。

ただ、桐佳がたまに３Ｐを望んだときなどは、雛子も喜んでその命令に従った。純一も、相変わらず肉づきの良い雛子の抱き心地を、そのときだけは存分に愉《たの》しませてもらうのだった。

とはいえ、純一の最愛の人はやはり美冬。

大学を卒業した後も、ここに下宿し続けていいと言われている。当分はここで社会人生活を送るつもりだ。

美冬は純一のことを一人の男として、パートナーとして認め、純一の愛に応えてくれるようになった。

結婚はできないかもしれないが、それは純一がすでに覚悟していたことで、今でもその思いは変わっていない。

初恋の女性が、こうしてそばにいてくれる。いつでも愛し合うことができる。

それだけで充分に幸せだったから。

「その首輪、本当によく似合っています」

「私も……とても気に入っています。純一さんが選んでくれた首輪ですから」

美冬は赤い首輪を大切そうに指で撫で、仄かに頬を火照らせた。

純一は手を伸ばし、着物の上から彼女の熟臀を軽くさする。

「はぁ、それ……ああ、気持ちいいです」

昨夜、たっぷりと平手打ちを喰らわせたので、尻肉は未だにジンジンと疼いているそうだ。しかし、腫れ上がって敏感になっている分、羽根で撫でるような柔らかなタッチがなんとも心地良いらしい。

苦痛を受けた後の優しい愛撫だからこそ、なおさらマゾ心に沁《し》みるのだとか。

「今夜もまた、待ってますからね」

純一がそう囁くと、美冬はこくんと頷く。

「純一さん、私、幸せです……」

そして、濡れた瞳でうっとりと告げたのだった。


（了）